講談社文庫

飛べないカラス

木内一裕

講談社

第一章 007

第二章 083

第三章 159

第四章 231

解説・山根貞男 304

木内一裕／きうちかずひろ公式フェイスブック

http://facebook.com/Kiuchi.Kazuhiro.BeBop

私にとっての「日本映画の父」である黒澤　満氏へ、
ただひたすらの感謝を込めて——

飛べないカラス

CHAPITRE 第一章 UNE

1

久々に外の世界に出ても、特に感慨めいたものはなかった。

この日のこの状況を、飽きるほど繰り返し繰り返し頭の中でシミュレーションしていたからかも知れない。

天気は快晴で暖かい。二月なのにコートもマフラーもないのを気にしていたのだがなんの問題もなかった。三年ぶりに袖を通したダークグレーのスーツは、ウエストがかなり緩《ゆる》くなってはいたものの、さほど無様な姿にはなっていないはずだ。スーツに白シャツ、ノーネクタイ。髪は短く無精ヒゲ。この付近の住民からすれば、いかにもな人物に見えることだろう。

正門前の通りには、ちょっとした人だかりができていた。車も数台駐《と》まっている。仮釈放の出所日は週に一日、時間は朝の九時半と決まっていて、きょう出所するのは仮釈放ではない者も含めて八人。その中で面識があると言えるのは一人だけだった。

前を歩いている両手でダンボール箱を抱えた三十過ぎの元銀行マンが振り返り、

「じゃあ、……お元気で」

と言った。こいつはちゃんとヒゲを剃り、きっちりネクタイを締めている。

「お前もな」

俺は軽い笑みで応えた。

元銀行マンは照れくさそうな笑みでペコッと頭を下げると、タクシーの前に立っている初老の夫婦のほうに駆け出していった。

あいつはこれから身柄引受人である両親とともに地元の保護観察所に直行して保護観察官の面談を受けなければならない。その後も仮釈放期間の満了まで身柄引受人と同居しなければならないし、月に二回保護司との面談が義務づけられている。

それに比べて俺は満期での出所だから柄受《ガラう》けも必要ないし、いますぐどこでも好きなところに行くことができる。仮釈放を取り消され、半年余りも無駄に長く蒸されていた身としては、せめてその自由を享受するしかなかった。

とりあえず煙草《たばこ》が買える場所を求めて歩き出す。近くにコンビニくらいはあるはずだ。左手に提《さ》げた小ぶりなボストンバッグ一つという身軽さが、嬉しくもあり哀しくもあった。

出迎えの家族と抱き合う者、赤ん坊を抱いた嫁と無言で見つめ合う者、出所者同士で固い握手を交わす者らを横目に見ながら歩いていくと、人だかりの外れに駐まっているる軽のワンボックスの脇に立っている女が俺を見ていた。

二十歳《はたち》を過ぎたばかりに見える知らない女だ。栗色の髪を後ろで一つにまとめた、デニムのジャケットにロングスカートの美人だった。

いや、何年も女という生き物を見ていないと、ただ女というだけで魅力的に見えてしまってるのかも知れない。俺と目が合うと、女は腰を折って丁寧にお辞儀をした。

人違いだ。俺はそのまま歩き過ぎた。

「あのー」

背後から声がかかった。振り返ると女がワンボックスを廻り込んで駆け寄ってきていた。足を止めた俺の二メートル前で止まった女は、しっかりと俺を見て言った。

「あの、……加納健太郎《かのうけんたろう》さんですよね？」

それは間違ってはいなかった。

ワンボックスが走り出すと、助手席の窓を少し開けてから俺は言った。

「コンビニがあったら止めてくれ」

「ああ、煙草ですか？」

女はハンドルから離した左手を伸ばし、助手席の前のグローブボックスを開けた。そこにはマルボロゴールドのボックスと、使い捨てライターが入っていた。

「あと飲み物は、後ろの床の袋の中」

運転席と助手席のあいだに設置されているドリンクホルダーには、円筒形の灰皿が立っている。

俺はマルボロの封を切って一本くわえるとライターで火をつけた。大きく煙を吸い込む。強い煙草ではないのに、喉《のど》にガツンときた。気管支を通って肺に煙が流れ込むのがわかる。

ゆっくり煙を吐き出すときにはスーッと意識が遠のいていくような感覚があった。まるで中一のころに初めて煙草を吸ったときみたいだ。そう思った。

「せっかく刑務所にいたんだから、そのまま煙草やめちゃえばいいのに」

女が言った。俺はそれを無視して運転席の後ろの床のコンビニの袋を手に取った。仰しゃることはごもっともだが二分前に出会ったばかりの女にとやかく言われることじゃない。

袋の中にはペットボトルのコーラと綾鷹、それにフリスクが入っていた。

至れり尽くせりとはこのことだ。コーラを出して袋を床に戻す。キャップを開けるとゴクゴク喉を鳴らして飲んだ。強烈な炭酸が喉を灼《や》いた。派手なゲップが出た。女がこっちを見たが気にしなかった。また煙草を吸う。コーラと煙草との組み合わせは最強だ。そう確信した。

「先生が、できればこのまま会いに来てほしいって言ってるんですけど」

女が言った。女は最初に「三日月《みかづき》座の先生の使いです」と名乗った。だから俺は車に乗ることにした。他の人間の使いなら、俺はいまでも歩き続けているだろう。

「あの爺さんとはどんな繋《つな》がり？」

俺は訊ねた。三日月座の先生こと大河原俊道《おおかわらしゅんどう》は、もう七十を越えたはずだ。

「三日月座でお茶してたらいきなり声かけられて、二万円くれるって言うから……」

言いながら女は、足元の布製バッグからアメリカンスピリットのパッケージを取り出して一本くわえた。驚いて俺は言った。

「なんだ、吸うのか？」

「バンバン吸ってますよ」

女がライターを出すのに手間取っていたので、俺が横から火をつけてやった。

「サンキュ。わたし吸わないなんて言ってないですよ」

「煙草をやめろなんて言うから、てっきり……」

「煙草なんて、吸わないほうがいいってわかっててもなかなかやめられないじゃないですかぁ、だからわたしが刑務所に入ったら、それを機会にやめるのにってこと」

「なるほど」

嫌いになりかけていた女が、また少し魅力的に見え始めていた。

「わたしが三日月座に行くのも、煙草が吸える喫茶店が少ないからだし」

三日月座というのは東高円寺《ひがしこうえんじ》にある大河原俊道がオーナーを務める店で、一階は昼は喫茶店で夜はバー、地階はミニシアター兼ライブハウスとして営業している。その小っちゃなビル自体も大河原の持ち物だ。父親から引き継いだビルを、大河原が趣味八割でリノベーションしたものだという。実際儲かってはいないが家賃がかからないので潰れもしないということらしい。

「店のスタッフや常連のお客さんたちが先生って呼んでるから、わたしもなんとなく先生って言ってるけど、あの人なんの先生？」

「さぁ」

俺は軽く流した。説明するのが面倒《めんど》くさかったからだ。だが女は別の質問で攻めてきた。

「あの先生とはどんな関係？　……もしかして親子とか？」

「ただの知り合いだ」

それで終わらせた。話せば長くなるし、俺自身のことまで説明しなければならなくなるからだ。

「けど、ただの知り合いにしては愛が溢《あふ》れすぎてません？」

「そうかな？」

「だって、きょうわたしをここに来させたのだって、出迎えがないのは寂しいだろうけど、いきなり知り合いに出くわすのも気まずいだろう。だったら知らない男に迎えられるより、知らない女のほうが嬉しいに決まってるって……」

俺は少し笑ってしまった。さすがは人たらしと言われる大河原俊道だ。

たしかに、いきなり知らない女に出迎えられたのには面食らったが、出迎えがないよりも、知り合いに出くわすよりも、知らない男に迎えられるよりも、マシな気分であることは間違いなかった。

「なんか、めっちゃ優しくないですか？」

「あの人は、誰に対してもそういう人なんだ」

そう言っておいた。

実際には、大河原俊道がそんな博愛の人物であるはずもないのだが、この女に説明しなければならないようなことでもなかった。

「なんか、……ぽくないですよね」

「なにが？」

「あなたが、その、なんて言うか……」

「刑務所《ムシヨ》帰りっぽくないってことか？」

お前はどんだけムショ帰りを知ってんだよ？　そう思ったが口には出さなかった。

そして、

「中にいる連中の半分は、ぽくないタイプだ」

そう言った。

「じゃあ、残りの半分はやっぱりぽいんだ」

「ゴリゴリにね」

女が少し笑った。俺は短くなった煙草を灰皿に放り込み、二本目の煙草に火をつけた。信号で停車すると、女がくわえ煙草で俺のほうを向いた。

「なんの罪で入ってたんです？」

言ってから女は、マズいことを訊いてしまったんじゃないか、という顔になった。

「殺人」

俺の言葉に、女が息を飲むのがわかった。

「とか、強姦とか、そんなんじゃないから安心してくれ」

女は、別になにも心配してないし、という顔で煙草を吸っていた。

「盗みでも誘拐でもオレオレ詐欺でもないし、密輸でもドラッグ系でも人身売買でもないし、痴漢でも盗撮でもストーカーでもないし、公職選挙法違反でもインサイダー取引でもない」

「じゃあなに？」

「俺は、間違ったことはなに一つしてないんだ」

「冤罪《えんざい》ってこと？」

「いや、それがそうでもないところが世の中の厳しいところでね……」

ため息が出た。俺は、話している相手が知らない女でよかったと思った。もしこれが俺のことを知っている相手だったら、こんなに素直な反応を見せることはできなかっただろう。信号が青に変わり、再び車が走り出した。

「加納健太郎。あなたはいったい何者なの？」

女は正面を向いたままで言った。

「なんか謎だらけなんですけど」

もうこれぐらいでいいだろう。俺はそう思った。

「キミが二度と会うことのない赤の他人だ。気にするな」

女の横顔が、少し傷ついたように見えた。それがなぜなのかはわからない。

「近くの駅で停《と》めてくれ」

「え？　高円寺には行かないの？」

「こっちから連絡するって伝えといてくれ」

「…………」

それからは二人とも無言だった。さらに十分ほど走ってから車が駅前のロータリーで停車すると、俺は煙草を消し、コーラの残りを飲み干してボトルにキャップを嵌《は》めてから床のコンビニ袋に入れた。ついでにフリスクももらっておく。そしてボストンバッグを手に車を降りた。

「これからどこに行くの？」

女が言った。いくら知らない女でも、本当のことを言うのは気が引けたので、

「ありがとう」

笑顔でそう言ってドアを閉めた。

車が走り出すのを見送るつもりでいたのだが、女は車を停めたまま窓越しにこっちを見ていた。俺は軽く手を振って歩き出した。

それから俺は電車を乗り継いで、池袋《いけぶくろ》の安いソープに行った。

2

大河原俊道は、シナリオライター界の重鎮だ。映画でもＴＶドラマでも大きな成功を収め、多くの賞も獲得している。以前はシナリオ作家協会の会長を務めていたし、シナリオ講座の生徒たちの中から多くのプロを輩出してもいる。

だが日本の脚本家がどんなに成功を収めようとも、ビバリーヒルズに豪邸を持てるほどの稼ぎが得られるはずもなかった。大河原は、東高円寺の三日月座が入っているビルの二階に住居兼仕事場を構えて、三階より上の四フロア分の家賃収入とＤＶＤや映像配信のロイヤリティで、働かなくてもまずまずの暮らしができるといった程度の身分だった。

三日月座のスタッフが「先生」と呼ぶのは、バイトにシナリオ講座の生徒を使っているからで、大河原の作品のファンである常連客たちも「先生」とか「巨匠」と呼ぶようになっている。

三日月座の店内を進んでいくと、大河原は一番奥の隅のお気に入りの席で、くわえ煙草でパソコンに向かっていた。

「監督、ご無沙汰しております」

俺にとっての大河原は、映画監督だった。俺の声にパソコンの画面から顔を上げた大河原がニヤッと笑った。ノートパソコンを指差し、

「これ片づけちまうから、ちょっと待っててくれ」

と、液晶画面に顔を戻す。

「どうぞごゆっくり」

俺は向かいの席に腰を下ろして、

「時間だけは、持て余すほどあるんでね」

そう言った。自嘲の笑みが浮かんでいたことだろう。お冷やのグラスとおしぼりを運んできたバイトの兄ちゃんにブレンドコーヒーを頼んで煙草に火をつける。

「仕事ですか？」

「いや、プロデューサーの山根《やまね》が死んだんで、俺が弔辞《ちょうじ》を読むことになってな」

大河原は顔を上げずに言った。

「最近は、同業者と顔を合わせるのも葬式ばっかりだ」

だいぶ前から大河原は、映画の脚本もTVドラマの脚本も書いていない。

ギャラが高くなりすぎたのと、彼が得意とするジャンルの作品が作られなくなったからだ。

映画業界もドラマの業界も、女・子供にウケるような作品でなければヒットは望めなくなっている。ハードな、男の世界を得意とする大河原に仕事のオファーは来なくなった。大河原自身も、美女とイケメンばかりを並べた恋愛モノになどなんの興味もなかった。だが講演の依頼や映画祭の審査員、映画イベントのゲストや雑誌のコラムの連載など、けっこう忙しくしていると以前聞いたことがある。


大河原俊道と出会ったのは、もう二十年ちかくも前、俺が二十歳《はたち》のときだ。当時、大河原が初の監督を務める映画の、主人公の恋人を殺した殺人鬼の役だった。

オーディションで選ばれたのだが、低予算の作品だったので売れてない若手俳優にも大きな役を与えてもらえた。

なにがどう気に入られたのかは知らないが、それ以来プライベートでも頻繁に呼び出されるようになった。そのお蔭でいままでに大河原が監督した五本の映画の全てに重要な役で出演している。そのうちの一本は、俺の唯一の主演映画だ。

大河原の監督作品は、いずれも低予算であるがゆえにほぼ宣伝されることなく公開されていることと、ＴＶでお馴染みの顔がほとんど出ていない渋めのキャスティングもあって興行的に成功した作品は一本もないが、そういう映画を偏愛する一部の映画ファンのあいだではカルトな人気を獲得している。

俺は、大河原組の常連俳優であることを誇りに思っているし、大河原を恩人だとも思っている。だが俺は売れない俳優のままで四年前に引退した。それが悲劇の始まりだった。

「元気そうだな」

ノートパソコンを閉じた大河原が言った。

「健康になる以外に取り柄のない場所にずっといましたからね」

俺は、屈託のない笑み、と呼ばれる表情をイメージして応えた。

「俺の差し入れは役に立ったろ？」

大河原は俺が小菅《こすげ》の拘置所にいるとき、二十万の現金を差し入れしてくれていた。

「ええ、お蔭で中で惨《みじ》めな思いをせずにすみました」

「まだ残ってるか？」

「いえ、昨夜《ゆうべ》使っちゃったんで、もうほとんど……」

「これからアテはあるのか？」

「まぁ、なんとかなりますよ」

「ふーん」

大河原は意味ありげな笑みを見せた。

「俺が仕事をやろうか？」

「役者はもう無理ですよ」

「そんなことはわかってる」

「じゃあなんです？」

「お前に頼みがある。報酬は百万だ」

「また塀の中に戻れってんじゃないでしょうね？」

「まぁ、お前のやり方次第ってとこかな」

「勘弁して下さいよ」

「冗談だよ。調べてほしいことがあるだけだ」

「ただの調べ物に百万は出さんでしょう」

「誰にでも頼めるって話じゃないんだ。まぁ、お前の出所祝いも含めてあると思ってくれればいい」

「…………」

たしかに、いま百万の現金は非常にありがたい。

「それに、どのくらい日数がかかるかもわからん。いまんところ、お前ぐらい暇《ひま》そうな奴は他に見当たらないんでな」

「でしょうね」

「ただし、経費は込みだ。無駄遣いするなよ」

「なにを調べるんです？」

「…………」

大河原はどこから話そうかと思案しているらしき顔で、

「実は、俺には娘が一人いるんだ」

そう言うと、短くなった煙草を消した。

「へえ」

意外だった。大河原は五、六年前に妻を癌《がん》で亡くしているが、夫婦に子供はいないと聞いていた。

「三十年以上前に、短い期間関係があった女とのあいだの子だ」

「不倫ですか」

「俺はそのころ、なにも考えずに多くの女と寝ていた。その中で、唯一継続的な関係になった女だ。俺は女房と別れるつもりはなかったし、相手もそんなことを望んじゃいなかった」

「…………」

女がそれを望んでいないとどうしてわかる？　大河原がそれを言い出せなくさせていただけなのかも知れない。そう思った。

「女は、妊娠がわかると俺の前から姿を消した。認知も養育費も求めてこなかった。俺は捜さなかった。それっきりだ」

大河原が彼女の妊娠を知っているのは、本人からそれを告げられたからだ。なにも知らせずに消えたわけじゃない。そのときの大河原の反応が、彼女に決断をさせたに違いなかった。

「で、いまごろになってその娘さんを捜せってんですか？」

俺は探偵じゃない。人捜しのノウハウなど知るはずがなかった。

「なんだ、怒ってんのか？　お前に不倫を咎《とが》められるとは思わなかったぞ」

大河原は苦笑いを浮かべて、氷が溶けたアイスコーヒーを口に運んだ。

「怒ってませんよ」

俺も苦笑いを浮かべた。大河原にそう思われたのが心外だった。大河原が続けた。

「居場所はわかってる。そうでなきゃ思い出しもしなかった」

「だったらなにを調べるんです？」

「娘が、幸せかどうかを見てきてほしい」

「は？」

意味がわからない。

「目的はなんです？」

大河原は曖昧な笑みを浮かべて、新しい煙草に火をつけた。

「感傷ですか？　いままで忘れてたんなら、忘れたままにしときゃいい」

「まぁ、終活《しゅうかつ》みたいなもんなんだろうな……」

一瞬、就職活動のことかと思った。ああ、終活のほうか。

「俺もこの歳だ。全身あっちこっちにガタがきてる。まぁ、きょうあす死ぬとまでは思わんが、来年のいまごろはどうなってるかわからん」

「そう簡単にくたばるとは思えませんがね」

「カミさんが死んで以来、人生がつまらなくなった。長生きしたいとは思わん」

「……………」

悪い腫瘍でも見つかったんじゃないのか。そんな気がした。

「で？　娘さんに最期を看取《みと》ってもらいたいとでも？」

「いや、俺は野垂れ死にを望んでる。娘と顔を合わせるつもりはない。……と言うか合わせる顔がない」

「………」

「ただ、少々カネが余ってる。せめてそれぐらいは、なんにもしてやらなかった娘に残すべきだと思ってな」

「それと、娘さんが幸せかどうかと、どんな関係があるんです？　遺言状書きゃいいだけのことじゃないですか」

「母親はもう死んでる。娘に父親のことをどう話しているかはわからん。俺と別れたあとに他の男と結婚して、娘はその男を実の父親だと信じているかも知れん」

「たしかに」

「娘ももう三十は越えている。もしも娘が大手企業のサラリーマンとか歯医者なんかと結婚していて、小学生の子供が二人くらいいて幸せな生活を送っているとしたら、そこにいきなり知らない男からの遺産を残されたりなんかすると平穏な日常に波風が立つかも知れん」

「はぁ、そんなもんですかねぇ」

俺にはそこらへんの機微《きび》はわからなかった。

「そしてもし娘が借金苦に喘《あえ》いでいるようなら、何年先になるかわからん遺産なんかよりも、いますぐカネを渡してやったほうが幸せに近づけるかも知れん」

「そりゃそうだ」

「だが娘に質《たち》の悪い男がくっついていたり、クスリに手を出したりしていたら、下手にまとまったカネなんか渡すとますます幸せから遠ざかることにもなりかねん」

「だから、そこらへんを見極めてこいってことですね？」

「ああ」

「監督が言ったようなわかりやすいケースならいいですけど、微妙な判断が求められますよ」

「だからお前に頼んでる。俺はお前の判断を信じる」

「責任重大ですね」

「簡単に結論を出すな。俺は急いじゃいない」

「ま、やってみますよ。どうせ他にやることもないし」

大河原はくわえ煙草でニヤッと笑った。

パソコンを開いてトラックパッドで指を滑らせると、パソコンを回して俺のほうに向ける。液晶画面にはネットの記事が表示されていた。

「サンベルタンV」のヒロイン女優　死去

80年代の人気特撮ヒーロードラマ「サンベルタンV」のヒロイン役として知られる仲宗根《なかそね》みどり（本名・村上《むらかみ》みどり）さんが16日の未明、入院中の病院で亡くなった。急性硬膜下血腫だった。

仲宗根さんは74年にデビューし、映画、ドラマ、舞台などでキャリアを重ねていたが、87年に突然引退し、その後芸能界に復帰することはなかった。61歳だった。

通夜は18日、告別式は19日に茨城《いばらき》県古河《こが》市の孝徳寺《こうとくじ》で執り行われる。喪主は長女の沙羅《さら》さん。

日付を見ると、半年ほど前の記事であることがわかった。やはり大河原の不倫相手は女優だったのか。そう思った。

「手がかりはこれだけ？」

「そうだ」

「で、百万円はいつ？」

「…………」

大河原は肩をすくめて、パソコンバッグから分厚い封筒を取り出した。

3

俺は大学二年生のとき、友人に誘われて練馬の撮影所にバイトに行った。照明助手と言えば聞こえはいいが、要は軍手をして高いところに登らされて怒鳴り散らされるだけの毎日だった。

だが映画の撮影現場は刺激に満ちていた。元々映画好きだったこともあるのだろうが、映画の裏側を見ることは、映画を見るよりもずっと面白かった。俺はロクに学校へも行かず、出られるかぎり現場に出ていた。

そしてある日、何本目かの現場についているとき、その映画に出演している俳優の担当マネージャーから声をかけられた。「役者をやってみる気はないか?」「その気があるならウチの事務所で面倒見てやってもいい」「背も高いし顔も悪くない。もしかしたらもしかするかも知れない。このチャンスを逃したら、もう次はないぞ」と。

それまで俳優とか芸能人になりたいなんて夢見たことは一度たりともなかった。

だがそのときは、照明を当てる側から当てられる側に廻るのも悪くない。そんな気になった。だからその現場がクランクアップすると、マネージャーにもらった名刺に書かれた番号に電話をかけた。

それからはひたすらオーディションを受け、時おり小さな仕事をこなすだけの日々だった。人気特撮ヒーロー物にも出たし、NHKの大河ドラマにも出た。どれも端役《はやく》だったが俺は若かったし撮影現場は魅力的だった。大作時代劇映画のエンドロールに名前が出たときには感動を覚えた。大河原と出会ったのもそのころだ。そして初めて大きな役をもらった。

いつしか大学は辞めていた。父親は激怒した。町工場を継いでくれると思えばこそ大学にまで行かせてやったのに、役者ごときにうつつを抜かすとはなにごとだ！　というわけだ。俺は勘当同然の身になったが気にしなかった。

大河原の監督作品で世間に名前が知られることはなかったが、一部の業界人に注目されるようになった。ぽつぽつ名指しでオファーが来るようにはなったものの、TVの刑事ドラマの犯人役や、時代劇の悪い浪人役ばかりだった。大河原が脚本を書いた作品でも、他の監督が撮る大きなバジェットの映画の場合、たとえ大河原のプッシュがあったとしても小さな役しかもらえなかった。

それでも真面目に取り組んでいたから中堅の芸能プロダクションをクビになることはなかったが、給料制ではなく歩合制だったため喰っていけるほど稼げた年は一年もなかった。

そんな十数年は、概《おおむ》ね女に喰わせてもらっていた。特に努力しなくても、優しい女が途切れることはなかった。どの彼女も、俺が必ず売れる日が来ると信じてくれた。

俺はどの彼女も愛していたし、浮気をしたり、昼間から酒を飲んだり、ギャンブルに溺れることもなく、芝居のことだけを考えて生きてきた。だが、やがてどの彼女も俺をではなく、自分の予想を信じられなくなって去っていった。それはそれで仕方のないことだ。

三十を過ぎてしばらく経ったころ急に潮目が変わった。最後に俺を喰わせてくれていた彼女が去ったあと次が現れなかった。ウソだろ？　地球上から優しい女が消えたのかと思った。いきなり厳しい現実が突きつけられた。俺は役者を続けるために他のなにかで稼がなければならなくなった。

とりあえずカラオケ屋のチェーン店でバイトを始めた。仕事はすぐに覚えた。俺と同世代の店長以外は若い女の子ばかりの、悪くない環境の店だった。

一週間が経ったころ、店長に呼ばれた。本社から来たスーツ姿の若い男がいた。

「バイトではなく、社員になりませんか？」そう言われた。店長研修を受けて、埼玉の新規店に行ってほしいのだと。別に驚きはしなかった。俺は働き始めてからずっとカラオケ店の理想的な店長を演じてたからだ。俺はその申し出を断った。そしてそのバイトを辞めた。

次に、知人の紹介で銀座にある老舗《しにせ》のバーに勤めた。バーテンダー見習いだった。かつて映画の仕事で腕のいいバーテンダーの役をやったことがある。そのときに一流のバーテンダーの動きや所作を研究し、短期間でそれを身につけていた。そして俺は寡黙《かもく》なバーテンダーを演じ始めた。

一ヵ月が過ぎたころ、常連客の企業経営者から言われた。「ここを辞めて、ウチに来ないか？　今度六本木にオープンする店をキミに任せたい」と。素晴らしい条件も提示された。なんでどいつもこいつも俺に役者を辞めさせようとしやがるんだ⁉

俺はそれを丁重にお断りした。だが今度は店を辞めはしなかった。銀座であることと、深夜までの営業だったお蔭で時給がよかったからだ。

寡黙なバーテンダー目当ての女性客は増えたが、俺を喰わせてくれるような優しい女は現れなかった。それも当然だった。その寡黙なバーテンダーは女に養《やしな》ってもらうことを望むようなキャラではなかったのだから。

三ヵ月目に久しぶりの、そこそこカネをかけた映画の仕事が入った。主人公の逃亡犯を匿《かくま》う男の役だった。沖縄ロケで3シーンの出番があった。店のオーナーに四日間休むと伝えるとダメだと言われた。「一日、二日なら好きなときに休んでいいと約束したが、四日連続は無理だ」と。

俺はその店を辞め、沖縄から戻ると大手チェーンの居酒屋で、やる気のないバイトを演じた。ロクに働きもしないので楽だったが、人手不足のせいでクビになることもなかった。だがその役は演じ甲斐がなかった。だからといって、やる気のある居酒屋バイトを演じる気もなかった。

そんなふうにバイトを転々とした。土木作業現場での肉体労働もやったし、VIP向けのボディガードの仕事もやった。

元プロレスラーの男と二人で、来日中のマライア・キャリーのツアーに帯同した。警護の訓練など一度も受けたことはないが、黒スーツにサングラスの姿と身のこなしで充分通用した。ギャラもよかった。だがめったにある仕事でもなかった。

そのころの俺は、もう優しい女を求めてはいなかった。二十代の、まだ売れてない俳優とは夢を見れても、三十を過ぎて女に喰わせてもらおうと思っている役者になどなんの魅力もないということに気づいてしまったからだった。

そんな日々の中でも、プライムタイムの連ドラで、レギュラーのおいしい役にありつけたこともある。ヒロインの元カレ役で、売れっ子女優が演じるヒロインが主人公と元カレのあいだで心が揺れるという設定の恋愛モノだった。普段は現場にも来ないマネージャーが「これでついに注目されるぞ！」と興奮していた。だが、俺の身から出た錆で途中降板させられた。俺の役は交通事故で急死したことにされてしまった。

ラッキーだと思っていたことが原因で、状況はさらに悪くなっていった。まさに、禍福《かふく》はあざなえる縄の如し。そう思った。

そして、いつのまにやら三十五歳になっていたある日、父親が死んだ。まだ六十代だった。勘当同然の身で、長く顔を合わせてもいなかったダメ息子としてはさほどの悲しみも湧いてはこなかったが、泣き続ける母親を見るのが辛かった。

葬儀が済むと、親父の工場をどうするか、という話になった。金持ちになれるほどではないが堅実に利益を出し続けていた。

みんなが俺を見ていた。三歳下の弟は早稲田の法学部を出て弁護士になっている。いまでは自分の法律事務所を持ち、精力的に活動していた。いまさら大田区大森の町工場など継ぐはずがなかった。

さあ、どうするんだ？　みんなの眼が俺に言っていた。

中退したとはいえ三年生まで工業系大学に通わせてもらっただろう。喰えもしない役者にいつまでしがみついているつもりだ？　人生で初めて、家族の役に立て。そう言っていた。

ここらが潮時か。そう思った。それ以外に選択肢はないように思えた。これからはずっと、賢明な町工場の経営者を演じ続ける人生だ。そう覚悟を決めた。

俺の初仕事は銀行との交渉だった。長いつきあいの地方銀行が、過去の実績と父親の実直な人柄とで判断し決定していた融資を見直すと通告してきたのだ。

先代の下で働いてたわけでもない二代目社長が信用されないのも当然だ。だが俺はビビったりはしなかった。ＴＶドラマで見た、ロケット開発計画に携《たずさ》わる下町の工場経営者にも負けないほどの熱き情熱がほとばしる事業計画と人懐っこい笑顔で、銀行の支店長と固い握手を交わした。だが順調に思われたのもそこまでだった。

その日、正午近くになっても経理部長の須田《すだ》が出勤してこなかった。親父が工場を起ち上げた当時から二人三脚でやってきた、財務全般を取り仕切る大番頭だ。

「何度電話を入れてもお出にならないんです」

経理の女の子から報告を受けたが、別に心配はしなかった。

須田は六十代半ばのバツ2男で、近くのアパートで独り暮らしをしている。体調を崩して寝込んででもいるのだろう。

「とりあえず入金の確認をしといて。昼休みに俺が須田さんの様子見てくるから」

その日は大手の受注先からのまとまった支払いがある日だった。俺が自分のデスクで読みかけの決済書類に目を戻したとき、女の子の短い悲鳴が聞こえた。

「どうした？」

慌てて顔を上げた俺に、震える声で女の子が言った。

「口座が、カラです」

「えッ⁉」

思わず大声が出た。

実行されたばかりの銀行の融資と、その日の大口の入金と、健全な経営をモットーにしていた親父が積み上げてきた内部留保とで、一億余《あま》りの残高があったはずだ。

仕入れ先への支払いは迫っているし、従業員の給料日も目の前だ。女の子のデスクに駆け寄りパソコン画面に表示された数字を確認すると、俺は電話に飛びついて警察に連絡した。

警察が捜査を開始しても、須田の行方《ゆくえ》はわからないままだった。横領されたカネは複数の企業宛に分散して振り込まれていたが、それらは全てダミー会社だった。さらにダミーの口座からも全額が引き出されていた。

須田はいま一億の現金とともに逃亡している。それは疑う余地のない事実だった。多額の借金でもあったのだろうか？　なんとか少しでも多くのカネが残っているうちに須田を捕まえなければならない。

だが、警察が見つけられないものを、俺にどうできるものでもなかった。

工場は閉鎖するしかなかった。給料が支払われるアテもないのに出勤してくれる、奇特な従業員は一人もいなかったからだ。これもにわか社長の不徳のいたすところと言わざるを得ない。あとは工場の敷地を売却して借金の返済に充てる以外にできそうなことは思いつかなかった。

事件発覚から十日ほど経ったある日、俺は自分で運転する車で新青梅《しんおうめ》街道を走っていた。

債権者の一人である武蔵村山《むさしむらやま》市の精密部品メーカーの社長に、状況の説明と謝罪をするために向かっていた。俺の心境はすでに、諦《あきら》めに近いものだった。

俺の人生なんてもんは、こんなもんなんだろうよ。そう思った。

俺は照明助手のバイトのときに芸能プロダクションにスカウトされた。ラッキーだと思った。だがその結果、先の見えない役者人生に迷い込むことになった。

優しい女に喰わせてもらって生きてきた。一人が去ると、ほどなく次の優しい女が現れた。俺はラッキーだった。だがそのせいで、厳しい現実と直面しないままに歳を重ねてしまった。

最大のチャンスだと思われたドラマで、ヒロイン役の売れっ子女優と親しくなり、すぐに深い仲になった。こんなラッキーなことがあるだろうかと思った。俺の人生に明るい日差しが射してきた。そう感じた。

だが、それを知った彼女が所属する大手芸能プロダクションは激怒し、俺をドラマから降板させた。さらに全てのＴＶ局に圧力をかけ、俺は二度とＴＶに呼ばれることのない俳優になった。

役者を辞めたときも、俺はそのまま企業経営者になった。俺が望んだことではないにしろ、他の売れない役者たちから比べればどれほど幸運なことか。そう自分に言い聞かせてきた。だがその結果、最も頼りにしていた人物に裏切られて、親父の遺した工場を潰す破目になった。

俺にとっての幸運は、状況をより悪くする。どうせそんな星の下《もと》に生まれてきたんだろうよ。それはわかっていたはずだった。

ならばこれから先の幸運にも、もっと警戒すべきだったのだ。だが俺は、このときはまだそこまで明確に認識できていなかった。

東大和《ひがしやまと》警察署を過ぎて、武蔵村山市に入ってすぐの交差点で信号待ちをしていると、視界の隅に、歩道を歩いてきた男が急に振り返って走り出すのが見えた。

須田だ！　男の後ろ姿を見て俺は確信した。

路肩に車を停め、運転席を飛び出した。

こんなラッキーなことがあるだろうか。笑顔が浮かんでいるのがわかった。須田は脇道に入り、コンテナが積み上げられたトランクルーム業者の敷地と、おびただしい数の車が並ぶ中古車販売店の敷地のあいだを逃げていた。

須田は六十五、六で俺は三十五。追いつけないはずがない。二百メートルも走ったころには須田はほとんど歩くようなスピードになっていた。後ろを振り向いた須田が俺が近づいてくるのを見てまた走り出そうとして転んだ。

アスファルトに頭を打ちつけて呻《うめ》いている須田を見下ろして俺は言った。

「大丈夫かい？」

俺は怒ってはいなかった。あまりの幸運に酔いしれていたのかも知れない。まだ、横領されてから十日ほどしか経っていない。一億を使い切ってはいないはずだ。これでなんとかなる。そう思い込んでいた。

「あ、ま、待って……、ち、違う……」

須田は、苦しそうに、忙《せわ》しない呼吸を繰り返していた。額の一部が赤くなり、血が滲《にじ》んでいる。

「なにが違うのか、ゆっくり聞かせてもらおうか」

俺は須田を引きずり起こし、しっかり腕を摑《つか》んで車に連れて行った。

助手席の後ろに座らせ、須田が履いている革靴の片方から抜き取った靴紐でヘッドレストを抱くようにして両手首を縛った。

「く、苦し……、む、胸が……」

須田が掠《かす》れた声で言った。

「そんな芝居じゃ俺の同情は買えないぜ」

俺は上機嫌だった。須田はまだブツブツ言っていたが車が走り出すとそれも聞こえなくなった。少し走ればこの先にイオンモールがある。そこの駐車場でならゆっくり話ができるだろう。謝罪に行く相手のことなど、もうどうでもよかった。

六、七分走って、イオンモールむさし村山のだだっ広い駐車場の隅に車を駐めると後ろを振り返った。須田はうなだれて大人しくしていた。俺は身を乗り出して、

「さて、言いわけを聞こうか」

須田の耳元に顔を近づけて言った。そのとき異変に気づいた。

須田は息をしていなかった。

4

「まぁ、お前さんの気持ちもわからんじゃないが……」

俺の取調べを担当する刑事が言った。

「なにも死ぬまで責め続けることもねえだろうによ」

俺はすぐに救急車を呼んだし、イオンモールに駆け込んでＡＥＤを借りてきて音声ガイドの通りに本気で救命措置を行なった。須田が息を吹き返すことはなかったが、俺が殺したように言われるのは心外だった。

そもそも、俺がなぜ逮捕され、取調室に座らされなきゃならないのかも理解できていなかった。

「被害者のズボンのポケットには、硝酸イソソルビドの錠剤が詰まったピルケースがあった」

被害者ってなんだ⁉　被害者はこっちだろう！　そう怒鳴りそうになった。

「持病の狭心症の発作を抑える薬だそうだ。だけど両手を縛られてちゃあ使えない」

「持病のことなんか聞いたことがない」

「その薬さえ使わせていりゃあ、いまごろ俺はそっちを取り調べてただろうによ」

「…………」

「相手は、胸が苦しいとかなんとか言ってなかったか？」

「芝居だと思った」

「だろうな。お前さんの立場なら、俺だってそう思ったはずだ」

この刑事は話のわかる刑事だ。そのとき俺は愚かにも、そんなふうに思った。

「で？　何発ぐらい殴ったんだい？」

ようやく状況が飲み込めてきた。須田の額の傷も、俺がやったことにされている。

「殴ってない。勝手に転んだんだ」

「なるほど、なるほど。頭を摑んで地面に叩きつけたってことだな？」

「…………」

傷害および監禁は確定で、おそらく監禁致死まで持っていこうとしてやがる。それ以降、俺はずっと黙秘を貫いた。

弁護人は弟の祐太郎《ゆうたろう》が務めてくれた。監禁ではなく、横領の被害者が行なった私人による逮捕であると主張した。両手首を縛ったのも、逮捕時の拘束として許容される範囲内である、と。

暴行の事実はなく、被害者の持病を知り得なかったことも被告人に落ち度はなく、適切な救命措置も行っており、一切の不法行為は存在しない、と堂々と法廷で無罪を主張してくれた。

だが検察側の論告は悪意に満ちていた。

あたかも、俺が須田を拷問したかのように語り、すでに隠し場所を聞き出している一億円を債権者から秘匿《ひとく》するためには、須田が死んだほうが都合がいいと考えていた可能性を示唆《しさ》する文言《もんごん》がちりばめられていた。

結局、酌量《しゃくりょう》すべき事由《じゆう》はあるにせよ、高齢者を監禁し過度のストレス下に置いた結果その死を招いた責任は重大であるとして、監禁罪と保護責任者遺棄致死《いきちし》罪で有罪判決を受けた。

執行猶予はつかなかった。求刑が懲役四年だったのに対し、懲役三年四ヵ月の実刑判決だった。

俺は控訴しなかった。弁護人の祐太郎の判断に従った。

高裁で勝てるかどうかは五分五分だ。起訴内容を否認している被告人の保釈が認められる可能性は低く、仮に最高裁まで行って無罪判決が得られたとしても、それまでの拘束期間が一審判決での懲役年数を上回る可能性は高い。

たかだか三年だ。とっとと服役して終わらしちまえ。そうすりゃ四十前には戻ってこられる。そこから人生を立て直せ。そういうアドバイスだった。

こうして俺の、拘置所での未決勾留期間を算入して実質約三年間の刑務所暮らしが決まった。

「で、兄貴これからどうすんだい？」

祐太郎が言った。

彼の法律事務所の依頼人との面談用の応接室だった。そして俺は兄としてではなく依頼人としてソファーに座っていた。

「仕事が入った。しばらく茨城に行く」

「へえ、なんの仕事？」

「大河原監督に調査を頼まれた」

「さすがだなぁ、あの先生は。兄貴愛されてるねぇ」

すでにこれまでに、服役中の面会時に大まかには聞かされていた事後処理について詳しい報告を受けていた。だが俺は雑にしか聞いていなかった。

土地を含め工場の資産の全てを売却した結果、負債の精算は完了しており、幾《いく》ばくかのカネを母親に残すことができたという。

俺と祐太郎にも僅《わず》かばかりの取り分があったらしいが、俺の分は祐太郎への弁護料や、留守中に代行して納付してくれていた国民年金保険料と、社会保険から切り替えた国民健康保険料その他で消えていた。

俺は三年分のねんきん定期便のハガキと区役所からの国民健康保険証送付の封筒を始めとする郵便物の束を受け取った。大した量ではなかった。

「茨城にはいつから？」

祐太郎が言った。

「あした鮫洲《さめず》で免許の更新をしたら出発する」

「お袋には会わないのか？」

「戻ってきたら顔を出すよ」

親父が心血《しんけつ》を注《そそ》いできた工場を一瞬で潰して、その上前科者になった息子が母親に会いに行くには、もうしばらく娑婆《しゃば》の空気を吸う必要があった。

「カネは足りてるか？」

「問題ない」

「携帯は？」

「さっきドコモで手続きしてきた」

「番号は前のまま？」

「ああ」

そろそろ引き上げようかと俺は起ち上がった。

「そう言や兄貴、隆《りゅう》ちゃん覚えてるか？」

座ったままで祐太郎が言った。

「ん？」

「須田のおいちゃんの倅《せがれ》の隆一《りゅういち》くんだよ」

「ああ……」

親父と須田は家族ぐるみのつき合いだった。ガキのころは年に二回は二つの家族で一緒に、箱根《はこね》とか熱海《あたみ》とか河口湖《かわぐちこ》辺りに旅行に行っていた。それ以外にも頻繁に顔を合わせる機会があった。

隆一は、須田の最初の妻との子で、俺の二コ下で、祐太郎の一コ上だ。三人揃うと狂ったように遊びまくっていた。幼馴染《おさななじみ》というよりも、同世代の従兄弟《いとこ》というような感覚だった。だが俺が中二のころに須田が離婚し、それ以来会っていない。

「兄貴の裁判のあと、俺に会いに来たよ」

「へえ」

俺はまたソファーに尻をつけた。

「被害者の遺族としてじゃなく、横領犯の息子として詫びに来たんだ」

「ほう」

「とんでもないご迷惑をおかけしました。あいつがくたばったのは自業自得だ、って土下座しようとするんで、俺まで床に座り込まなきゃならなかった」

「隆一にはなんの責任もないのにな」

「つい最近も電話があって、兄貴が戻ったら、ぜひお目にかかって直接謝罪したいってさ……」

「謝罪なんか必要ない」

「そう言わずに会ってやれよ。向こうもけじめをつけたいんだろ」

「…………」

「いまさら俺を騙《だま》して兄貴を誘《おび》き出して、父親の仇《かたき》を取ろうなんてしやしないよ」

「そんなことは心配してない。面倒くさいだけだ」

「あんまり必死に言うからさ、兄貴に会わせるって約束しちまったんだ。せめて電話ぐらいはしてやってくれよ」

そう言って祐太郎は、スーツの内ポケットから取り出した手帳に挟んであったメモ用紙を差し出した。

「…………」

俺から出たのはため息だけだった。

虎ノ門にある祐太郎の事務所を出ると、最初に目についた星乃珈琲店で煙草にありついた。祐太郎の事務所は禁煙だったからだ。

コーヒーと煙草を味わいながら、受け取ったメモ用紙をいつまでも持ち歩きたくはないので、スマホに打ち込んでしまおうと思ってメモ用紙とｉＰｈｏｎｅを取り出した。メモ用紙には、澤部《さわべ》隆一という名と、携帯の番号が記《しる》されていた。

隆一は両親の離婚後、澤部という姓になっていたのか。そう思った。それが母親の旧姓だったのか母親が再婚した相手の姓なのかはわからないし、隆一が澤部姓の女性と結婚し、婿養子に入ったのかも知れない。どうでもいいことだった。そして、このままこのメモを捨ててしまえば、話は簡単なんじゃないかと思った。

いやいや、それでも隆一は何度でも祐太郎に電話をかけてくるだろうし、その結果祐太郎が俺に何度も電話をかけてくる。なにも終わりはしない。それならこちらから連絡して、会うつもりはないと明確なメッセージを伝えたほうが話が早い。

俺はスマホにメモの番号を打ち込んだ。俺のｉＰｈｏｎｅは、昔からずっと使っている５《ファイブ》Ｓのままだ。先ほどドコモショップでｉＰｈｏｎｅ7《セブン》のあとにＸ《テン》が出ていたことを知って、驚いたばかりだった。

相手はすぐに出た。「もしもし」と言う声には昔の面影があった。

「加納健太郎です」

「あ！　……あ、あの、お久しぶりです。あの、お元気ですか？」

「いや、そうでもない。そっちは元気そうだね」

「あの、いつ戻られたんです？」

「きのう」

「あの、本当にあの、バカ親父が大変なご迷惑をおかけしまして……」

「隆ちゃんに謝ってもらうようなことじゃない」

「でも、一度会ってもらうことできませんか？　きちんと謝罪したいんです。あんな大金盗んだ上に、健ちゃんを刑務所にまで行かせる破目に……」

「済んだことだ。お互いもう忘れよう」

俺はそっけない言い方になりすぎないように気をつけて言った。なぜなら、不思議なことに隆一の声を聞いて、懐かしさが溢《あふ》れ出してきていたからだ。

「俺、ずっと健ちゃんに会いたかったんだ……」

昔のように隆一が言った。俺も、隆一に会いたいような気分になっていた。いつのまにか忘れていた、子供のころ俺は隆一を親友だと思っていた気持ちを思い出した。

「それに、ちょっと相談したいこともあるし……」

「刑務所を出たての男に、なにを相談することがある？」

また冷たい言い方をしてしまった。俺は隆一に申しわけないと思った。

「いや、相談なら祐太郎にしたほうがいいんじゃないかと思ってね」

「あの、大河原俊道監督とは親しいんだよね？」

「ん？」

「大河原監督と繋《つな》いでもらえないかと思って……」

「なんで？」

「俺のお世話になってる人が埼玉《さいたま》の浦和《うらわ》で名画座をやってて、以前から大河原監督の特集企画をやりたいって言ってて……」

「へえ」

「オールナイトで大河原監督作品全五本の一挙上映と、監督によるトークショーって感じの……」

きっと大河原はすごく喜ぶだろう。だが……。

「直接話せばいい。連絡先は教えるから――」

「けど、ギャラの相場とかもわかんないし、前もって健ちゃんに企画書に目を通してもらって、大河原監督に断られないようにアドバイスをもらえないかと……」

「いや、悪いけど俺はあしたからしばらく東京を離れるんで――」

「じゃあいまからは？　俺、どこにでも行くから……」

「………」

断りづらい空気だったし、大河原のためにもなる。まぁしょうがない。そんな気になった。

会う場所は、東高円寺の三日月座にした。企画書の内容に問題がなければそのまま企画書をスタッフに預けて俺の役目は終わりだ。そう思ったからだ。

一時間で行ける、隆一はそう言った。

だが、隆一は現れなかった。

約束の時間を一時間過ぎたところで三日月座を出た。隆一から電話はかかってこなかったし、こちらからもかけなかった。会う約束をしたことを後悔していたからだ。これでいい。却《かえ》って俺は気が楽になっていた。

外はもう暗くなっている。店を出ると、すぐ目の前のガードレールにもたれて男が一人立っていた。

一瞬、隆一かと思って顔を見たが、似ても似つかない男だった。ニット帽を目深に被った若い男だ。そのまま通り過ぎると、路肩に駐まった黒のミニバンの脇に立っている男が目に入った。

隆一だ。ひと目でわかった。

ガキのころからなにも変わってない顔のまま、薄汚いおっさんになっていた。

隆一は俺を認めると、ミニバンの後部座席のスライドドアを開けた。いやな感じがした。そしていつのまにか俺の背後に人が立っていた。

振り返るとさっきのニット帽だった。いやな眼をしていた。

背中の、腰の少し上の辺りに先端が尖ったなにかを押し当てられたのがわかった。ナイフ以外に思い当たるものはなかった。

俺の目の前までやってきた隆一が言った。

「車に乗れ」

そっけなさすぎる言い方だった。

5

大人しくミニバンの後部座席に乗った。いきなり暴れ出すことも、走って逃げ出すこともできただろうが、隆一の意図を計りかねていた。それが知りたかった。まぁ成り行きに任せてみよう。そんな気分だった。祐太郎が言っていたように、親の仇だと言って殺されることもないはずだ。

俺の後ろから隆一が乗ってくる。ニット帽は運転席に向かった。もうナイフを向けられてはいない。車に乗せてしまえばそんなものは必要ない、そう高《たか》をくっているに違いなかった。その理由は隆一の体格にあった。

隆一はデカかった。一八〇センチほどの身長の俺から見ても、大男だと感じた。背は一八六、七で、体重は優に百キロを越えているだろう。さほど強そうには見えないプロレスラーくらいの見た目をした隆一にしてみれば、刑務所を出たてで贅肉《ぜいにく》が落ちた元俳優の一人や二人、楽勝で制圧できると考えても不思議はなかった。

「会いたかったぜ……」

車が走り出すと隆一が言った。

「三年も待ち続けたんだからな」

きっとニタニタ笑いを浮かべていることだろう。生憎《あいにく》俺は窓の外を眺めていた。

「覚悟はできてんだろうな？」

さらに隆一が言った。俺をビビらせようとしているのがミエミエだった。だが俺はこんなことではビビらない。これまでの三年間、エゲツないくらい凶悪なツラつきの連中と毎日顔を合わせてきた俺にとって、小学生のときから顔が変わっていない隆一ごときにビビるわけがなかった。俺はシャツの胸ポケットから出した煙草をくわえて火をつけた。

「ナメてんのか⁉」

いきなりパンチが飛んできた。衝撃は強烈だったが意識が飛ぶほどじゃない。左耳の下に打ち込まれた拳《こぶし》が俺の顔の前に流れる。俺はその手首を左手で摑み、煙草の火を押しつけた。

「ぎゃっ！」

短い悲鳴とともに指が開く。煙草を離した俺の右手が隆一の小指をへし折った。

さらに大きな悲鳴が聞こえた。俺が手を離すと隆一は右手を左手で抱え込むようにして上体を折った。その頭を摑んでサイドウインドウに叩きつける。

俺はガラスが砕け散る絵をイメージしていたのだが、劇用の飴《あめ》ガラスと違って現実の車のウインドウはビクともしなかった。しかし人間の頭はそこまで頑丈ではなく、隆一は力なくシートに崩れ落ちた。

ニット帽が振り返ってこっちを見ていた。隆一の状態に、わかりやすく衝撃を受けている。

「前を向いてろ。事故るぞ」

俺の言葉に慌ててニット帽が正面に顔を戻した。

どうせこいつら二人とも、俳優になりたいなんて考えるヤワな野郎はリアルな喧嘩なんかやったことねえに決まってる、そう思ってでもいたんだろう。

あのな、大森の工業高校に通ってた町工場の倅《せがれ》が、どんな少年時代を過ごしてたか想像してみろ！　そう思った。

俺は呻《うめ》き声を漏らしている隆一の全身を叩いてボディチェックした。デニムの尻のポケットからステンレス製の手錠が出てきた。

やれやれ。やる気満々じゃねえかよ。

手錠の片側を隆一の左の手首に嵌《は》め、もう片側を、サイドウインドウの上部に設置されているアシストグリップと呼ばれる安全バーを通して、摑み上げた隆一の右手首に嵌めた。そのとき折れた小指がなにかに当たったのだろう。また悲鳴が上がった。

「や、やめてくれ……」

隆一が言った。怯《おび》えた声だった。

「俺はなぁ、お前の親父に裏切られて以来、他人の悪意に過剰に反応しちまうようになったんだ」

俺はそう言ったが、正確にはそれより少しあとに納得のいかない理由で逮捕されてからだ。刑務所で仮釈放を取り消され、満期出所になったのもそのせいだった。

「動くな！」

ニット帽が叫んだ。運転席と助手席のあいだから、刃渡り十センチほどのナイフを突き出している。ミニバンは路肩に寄せて停まっていた。

俺はニット帽を無視してボディチェックを続けた。運転席からナイフ一本でなにかできるもんなら見せてもらおう。そう思った。隆一の所持品は、財布とスマホと鍵束と煙草とライターだけだった。ニット帽はやはりなにもできずにオロオロしている。

俺は煙草をくわえて火をつけた。

さっき放り出した火のついた煙草がどこに行ったのかは知らない。こいつらの車のフロアマットに焼《や》け焦《こ》げができようと、俺の知ったことじゃない。

隆一の所持品を全て足元の床に落として、ニット帽に言った。

「お前ら二人はどういう繫《つな》がりだ？」

「…………」

ニット帽は、ただ俺を睨《にら》みつけていた。俺はくわえ煙草で笑みを浮かべ、

「こいつの鼻の骨を砕いたら話してくれるか？」

隆一を顎で示して言った。ニット帽のナイフが揺れたが、返事はなかった。

「じゃあ試してみようか」

俺は隆一に向き直った。途端に隆一が声を上げた。

「やめろ！　俺の息子だ！」

驚いてニット帽に視線を戻した。よく見るとたしかにガキっぽい顔だった。

「歳は？」

「十六……」

ようやくニット帽が応えた。生意気にも貧弱すぎる顎髭を生やしてやがるせいで二十歳《はたち》ぐらいかと思っていた。と言うことは無免許運転だったのかよ！

なにをやってんだ隆一《こいつ》は。高校生の、まぁ学校には行ってないのかも知れないが、その年ごろの息子にナイフ持たせてギャング気取りか？　日本の将来が危ぶまれた。

「お、俺をどうするつもりだ？」

隆一が言った。俺は笑い出しそうになったが、かろうじて唇を歪める程度に抑えることに成功した。冷酷なプロの犯罪者の役を演じるつもりだったからだ。

「お前こそ、俺をどうするつもりだったんだ？」

そう言うと同時に俺の左手がニット帽を襲った。ナイフを握った右手の甲を摑んでそのまま手首を内側に折り曲げる。あっさりナイフが後部座席の床に落ちた。ニット帽を被ったガキが信じられないという眼で俺を見ていた。

元俳優をナメるんじゃない。伊達《だて》にアクションシーンのある映画の度《たび》に、殺陣師《たてし》の道場に通ってシゴかれてたわけじゃないんだ。颯爽《さっそう》と暴れ回る主演俳優より、やられ役のほうが何倍も訓練を重ねる必要があったからだし、忙しい主演俳優と違って暇を持て余している売れない役者は、必要以上に道場に通うからだ。

片手で相手のナイフを落とす、というこの技も、ある映画のときに殺陣師から伝授されたものだった。もっともそのときは俺がナイフを奪われる側だったのだが。

俺はナイフを拾い上げると、その刃先で隆一の頰を撫《な》でた。

「や、やめろ！」

隆一が震える声を出した。俺はナイフの先端を隆一の右眼に向けた。

「訊かれたことに答えろ」

「か、カネを……」

隆一は言い方を考えているようだった。

「カネの在《あ》り処《か》が、知りたかっただけなんだ」

「カネ？　なんのカネだ？」

「…………」

「もしかして、あの一億か？」

「いまさらとぼけるなよ。俺の親父から取り戻したんだろ？」

隆一が下卑《げび》た笑みを浮かべた。こいつはバカだ。腹立たしいほどのバカだった。

「お前本気か？　本気でそんなふうに思ってんのか？」

俺は呆れて、冷酷な演技が続けられなくなっていた。

「下手な芝居はよせよ。もうわかってんだよ」

そう言われて頭に血が昇った。芝居が下手とはなんだこの野郎！　危うくナイフを隆一の眼に突き立てるところだった。

そんな状況にも気づかず隆一はしゃべり続けた。

「警察が徹底的に捜索したのに見つからなかった。俺も考えられる限りの場所を探しまくったけど出てこない。こうなりゃもう、あんたがどこかに隠した、と考えるしかねえじゃねえか」

俺にそんな余裕があったわけねえだろ！　須田を見つけてから十分以内に死なれちまったんだぞ！　だがこのバカにそんなことを言っても始まらない。どうせまた下手な芝居だと言われるだけだ。

「あのな、よく考えろ。俺はカネを取り戻したら工場を続けられたんだ。なんで俺がそのカネを隠さなくちゃならないんだ？」

「あんた工場なんか続けたくなかったんだろ？　そのカネ持って、また役者の世界に戻りたかったんじゃねえのかよ？」

なるほど、そういう考え方があったのか。俺はそんなこと考えたこともなかった。

「それにな、親父は警察《サツ》に追われてたんだぞ。カネだけが頼りだったはずだ。そんな親父がわざわざ見つからない場所にカネを隠す必要がどこにある？　地面に埋めたり池に沈めたりしてなんになる？　取り出すのが面倒なだけじゃねえか。隠すとしたらあんたしかいないんだよ」

「じゃあなにか？　俺はカネを隠して、口封じにお前の親父を殺したってのか？」

「いや、俺もそこまであんたを悪党だとは思っちゃいねえ。親父は勝手に発作起こしてくたばったんだろうよ。あんたはそれを利用した。あんたがカネを取り戻したことを知ってる人間は一人もいない。だからあんたはカネを隠すことにしたんだ」

驚いていた。こいつはバカのくせに、言ってることには筋が通っていた。

「じゃあ俺が短時間でいったいどこに隠せたってんだ？　俺はすぐに逮捕されちまったんだぞ。警察が徹底的に捜索しても見つからないってことは、もうとっくに誰かが見つけてネコババしたに決まってんじゃねえかよ！」

俺は精一杯の反論を試みた。だが隆一はビクともしなかった。

「あんたは隠し場所に自信があった。ほとぼりが冷めるまでムショに身を潜《ひそ》めるのも計画のうちだったんだ。だからあんたは控訴しねえで懲役に行った。違うか？」

どういうことなんだ？　俺が知ってる真実よりも、こいつが言ってることのほうが説得力があるように思えるのはなぜなんだ!?　俺は全身から力が抜けていくのを感じた。ため息が出た。

「お前はなんにもわかっちゃいない」

そう言い捨てて車を降りた。

今夜もソープに行こう。そう思った。いまごろになって、殴られた顎が痛み出していた。

翌日は朝から鮫洲の運転免許試験場に行き、二時間の講習を受けて更新の手続きをした。

免許の更新の時期から一年以上が経過していたが、海外に行っていたり長期入院をしていたり刑務所に収監されていたりといった明確な事由がある場合には、三年程度まで試験を受け直すことなく更新ができる、と出所前に刑務所で教わっていた。

視力検査を受け、免許証に眼鏡等と記載されるほどではなかったものの、ずいぶん眼が悪くなっていることを知った。刑務所では遠くを見る機会が少なかったせいなのだろうか。それとも老化の現れなのだろうか。そんなことを考えた。

真新しい免許証の写真の男は、俳優っぽくも、企業経営者っぽくもなく、前科者っぽく見えた。ため息が出た。最近ため息が多いな。そう思った。

運転免許試験場を出て、近場で昼メシでも喰おうかと歩き出すと、ポケットの中でスマホが鳴り出した。画面を見ると登録されてない番号からだった。大河原か祐太郎が携帯を変えたのだろうか、などと思いながら電話に出た。

「はい？」

「あ、あの……」

女の声だった。最初に浮かんだのは、二日連続で相手をしてくれたソープの女の子だった。初日は写真指名だったが、俺は彼女を気に入ったので二日目は本指名にしていた。彼女も二日連続で来た客に大層喜んでくれた。少なくとも俺がそう信じられるくらいの対応を見せてくれていた。だが俺はソープの女の子に携帯の番号を教えたりはしていない。かかってくるわけがなかった。

「加納健太郎さんですよね？」

それでわかった。

「ああ、刑務所まで出迎えに来てくれた美しい女性だね？」

「美しいかどうかはともかく、たぶんそれです」

少し笑ってしまった。彼女も少し笑っていた。

「で？　なんで――」

「三日月座の先生に教えてもらったんです」

彼女はそう応えた。俺は、なんで俺の携帯の番号を知ってるのかを訊ねようとしたわけではなく、なんで俺に電話してきたのかを訊ねようとしたのだが。

「あの先生、有名な脚本家だったんですね」

「ああ」

ネットで調べたのだろう。ということは、俺のことも、もうあらかた知っているということか。

「で、しばらく茨城に行かれると聞いたので、その前に一度会ってもらえないかと」

「なぜ？」

「ちょっと、ご相談したいことがありまして……」

「ん？　ムショ帰りの男に？」

「いえ、元俳優のほうです」

「…………」

断る理由を探したが、思いつかなかった。

6

結局また三日月座に来てしまった。大河原は不在だった。

きのう言っていたプロデューサーの葬式に行っているのかも知れない。

「なんか、初めて会った気がしないなって思ってたんですよね」

宮下日菜《みやしたひな》と名乗った女が言った。

「高校生のとき『砂の上の魚たち』見てたんですよ」

俺にとって最大のチャンスだったはずのドラマだ。やっていたのは五年前だから、
彼女の年齢は二十一から二十三ってことになる。

「かっこいいなーって思ってた元カレが、いきなり交通事故で死んじゃって、ウソ、
マジ？　みたいな感じで……。あれってかなり強引でしたよね？」

「大人の事情ってヤツでね」

「なんか、やらかしたんですか？」

「で？　相談ってのは？」

「えーと……」

彼女は煙草をくわえて火をつけた。俺も煙草に火をつけて、彼女の言葉を待った。

「わたし、短大を出て一般の企業に就職したんだけど、半年くらいで辞めちゃったんですよ」

「へえ」

「まぁとにかく上司が腹立つ親父でね。で、辞めたのはいいんだけど喰ってかなきゃなんないんで、とりあえずはキャバ試してみようかと思って、歌舞伎町でも割と品のいいほうの店で……」

「ほう」

「向いてたんだろうね。すぐ指名もバンバン入るようになったたし、人と話すのもお酒飲むのも嫌いじゃないし、びっくりするぐらい稼げるし」

「よかったじゃないか」

「で、一年ちょっとは働いたのかな？　そしたら急に店のシステムが変わっちゃってね、ノルマもキツくなったしなにかと面倒《めんど》くさくなったんで、まぁ、そう長く続ける仕事でもないし、そこそこ貯金もできたんで辞めちゃえー、みたいな……」

「で？」

「次はなにやろうかなーって、まぁじっくり考えてみようかと思って……」

「それが相談？」

「そしたら店で一番使える黒服の子から、一緒に店をやらないか、って誘われて」

「キャバクラを？」

「そう。西麻布にいいハコを押さえてあるんだ、共同出資でどう？　って……」

「…………」

「共同経営でも自分の店を持つってのも悪くないかなって思って、詳しく話を聞いてたんだけど、そのうちにどんどん図面とか店舗のイメージ画とか出来てきて」

「なるほど」

「しかも居抜きベースって話だったのに、開店資金がわたしの予想の倍くらいかかることになってて……。あ、わたし最初に勤めた会社が飲食のチェーン展開してるとこだったんで、結構わかるんですよそこらへん」

「へえ」

「そんでわたし、ははーん、こいつわたしの出したおカネだけで店を出して、権利は半分持っていこうとしてやがんな、って思って……」

「かもね」

「そう感じたらもう一緒にビジネスなんかできないじゃないですか。だからきっぱりと断ったんだけど、まぁしつこくて。もうこれまでに結構カネがかかってんだ、って怒り出しちゃって……」

「で、相談はなに？」

「やっぱ若い女一人だとナメられちゃうんですよね。そこで加納健太郎の出番です」

「俺になにをしろと？」

「わたしに、こういう強面《こわもて》のおじさんがついてるってわかったら、向こうも諦めるに決まってるじゃないですか」

「やっぱり求められてるのはムショ帰りのほうじゃないか」

「いやいや違いますって。わたしのパートナーの役を演じてもらわなきゃならないんだから、プロの演技力を求めてるんですって」

「でも、結局ムショ帰りのヤクザの役でもやれってんだろ？」

「もしくは弁護士の役」

「だったら本物の弁護士に相談したほうがいい。そのほうがきれいに話がつく」

「でも、弁護士って高いんでしょ？」

「俺の弟が弁護士だから紹介するよ。俺を雇うよりは安くつくはずだ」

「…………」

「それに、俺はもう役者じゃない」

祐太郎の法律事務所の電話番号を彼女に教えた。宮下日菜は、どこか納得いかないような顔で俺を見ていた。

「ここのコーヒー代はキミのおごりってことで……」

そう言って俺は席を立った。


とりあえず三日間の契約でレンタカーを借りた。喫煙車を希望すると白のプリウスになった。カーナビに茨城県古河市の孝徳寺を入れる。

予測所要時間は一時間二十三分と出た。意外と早いな。そう思った。いまから出発すれば日が暮れるまでには着けるだろう。

中野から首都高に乗り、中央環状線C2で池袋、板橋、王子と通過して、隅田川と荒川を越えて足立区に入った。久しぶりのドライブは気分がよかった。川口線《かわぐち》S1で埼玉県に入り、川口JCTから東北自動車道に乗る。さいたま市、蓮田市《はすだ》、白岡市《しらおか》、久喜市《くき》を経て加須《かぞ》ICで高速を降り、そこからは国道一二五号線をひたすら走った。

利根川を渡ると茨城県古河市だった。国道一二五号線を走り続けていたはずなのにいつしか国道四号線や日光街道という標識を見かけるようになったのが謎だった。

孝徳寺には、裏手に広い駐車場があった。参拝客が多いからというよりも、田舎で土地が余ってるんだろうなと思わせる、鬱蒼《うっそう》と樹々が生い茂った古い寺だ。

砂利敷の駐車場に車を駐めて、〈本堂〉の文字と赤い矢印が書かれた表示に従って濃い緑のトンネルのような石畳の小径《こみち》を進んでいくと突如視界が開けた。鐘楼《しょうろう》を過ぎ井戸を過ぎ、石燈籠《いしどうろう》が並んでいるところを右に曲がると前方に本堂が見えた。だが扉は閉まっていて、周囲に参拝客の姿も僧侶の姿も見当たらなかった。俺は迷わず本堂の左奥に見える庫裏《くり》らしき建物を目指した。

引き戸を開けると中は広い土間になっていて、壁沿いには仏像らしきものやら、狸らしきものやら、なんだかわけのわからない置物やらがいっぱい並んでいたが、人影はなかった。上がり框《かまち》のところに、〈御用の方はベルを鳴らして下さい〉と書かれた木札と、ブザーらしきボタンがあった。それを押して待っていると、やがて作務衣《さむえ》姿で頭を剃り上げた六十ぐらいの僧侶が現れた。

「お待たせをいたしまして……」

「お手間をおかけして申しわけありません。お訊ねしたいことがあって伺《うかが》いました」

「はいはい、どのような？」

「半年ほど前に、こちらで仲宗根みどりさんの葬儀をやられたと……」

「ああ、はいはい村上さんですね、急なことで、本当にお気の毒でございました」

「私《わたくし》、故人には大変お世話になっておったんですが、最近まで海外に赴任しておりまして、葬儀に参列することが叶わなかったものですから」

「はぁ、左様《さよう》でございましたか」

「なので、ご家族をお訪ねして、お仏壇に手を合わせさせていただけないかと……」

「はいはい、そのようなことでしたら、あちらは古河の駅前で、グリーンという名前の喫茶店をやられておりまして、いまはお嬢さんが引き継いでおられますのでそちらでお訊ねになられたらよろしいかと……」

「そうですか、ありがとうございます。助かりました」

「いえいえ、仏に手を合わせるのは大切なことでございますから」

「あの、お墓もこちらに？」

「いえ、故郷《ふるさと》の沖縄のほうに先祖代々の墓所があると伺っております」

俺は丁寧に礼を述べて庫裏をあとにした。

カーナビで古河駅を検索してから車を出す。

ラッキーだと思った。いきなり調査対象者の家を訪問する事態は避けたかったからだ。不用意に本人と接触するわけにはいかない。「あなたはいま幸せですか？」などと直接訊ねたらどうなるのだろうか。怪しげな宗教の勧誘だと思われて追い返されるに違いなかった。

それが喫茶店なら、普通に客として大河原の娘を観察することができるし、何日か通っていればそのうち多少の言葉を交わす機会もあるだろう。

だが俺にとってのラッキーは不幸の入口だ。そのことを思い出した。いつのまにかラッキーを喜べない人間になっていた。

おいおい、この程度のラッキーでなにを言ってんだ？　だったらこの先どんな不幸が待ってるってんだよ？　その喫茶店が、全面禁煙の店だとか？　うーん、それだととても常連客になんかなれないな。……なんてことを考えながら車を走らせているとほどなく古河駅の駅前ロータリーにたどり着いた。

周辺に背の高い建物はなく、駅前を見渡しても、〈コージーコーナー〉と〈笑笑〉と〈魚民〉と〈ファミリーマート〉ぐらいしか目につかない、典型的な地方都市の駅だった。

駅に隣接した、高架下を利用した駐車場に乗り入れる。平日最大八百円なら問題はないだろう。車を駐めて、スマホのナビを頼りに歩き出す。

二ブロック進んだ先の、ビジネスホテルが密集している通りに〈喫茶GREEN〉はあった。純喫茶とまでは言わないにしても、なかなか趣《おもむき》のある昭和の喫茶店だ。

カランカラン、とドアベルを鳴らして店の中に足を踏み入れる。

「いらっしゃいませー」の声のほうに目をやると、カウンターの奥に五十代と思《おぼ》しき小太りの女性と、女子大生バイトらしき女の子の姿があった。どちらも目指す相手でないことはあきらかだ。

店内はコーヒーのいい匂いに満ちていた。カウンターの向こうにサイフォンが並んでいるのが見える。

奥に進みながら店内を見渡すと、カウンター席が十席ぐらいに四人掛けのテーブル席が七つ、二人掛けのテーブル席が四つあった。席は半分くらいしか埋まってはいなかったので、窓際の一番奥の四人席に腰を下ろした。

お冷やと、いまどき珍しい、ちゃんとしたタオルのおしぼりを運んできた女の子にオリジナルブレンドを頼んで煙草に火をつける。全てのテーブルに灰皿が置いてあるのを見て嬉しくなっていた。

たとえ目的の女性がいなかったとしても、常連になりたくなる店だ。きっと美味《うま》いナポリタンを出すんだろうな。そう思った。

酸味を抑えた、俺好みのブレンドコーヒーを飲みながら、これからの戦略を考えることにした。

ネットの記事に出ていた、長女の沙羅さん、というのが、本当に大河原の娘なのかどうかもまだはっきりしてはいなかった。たしかに仲宗根みどりは大河原の子を妊娠したが、生まれたのは男の子だったかも知れないし、不幸にも生まれなかったのかも知れない。沙羅という名の女性は、仲宗根みどりが大河原のあとに出会って結婚した相手との子であることは充分考えられる。

大河原はネットの記事を見て、「俺には沙羅という名の娘がいた！」と思い込んでしまったようだが、実際のところはわからないことだらけだ。

仮に沙羅という女性が大河原の娘だったとしても、その人物が仲宗根みどりの本名の村上姓なのか、それともすでに結婚して違う姓になっているのかもわからない。

その人がいま幸せであるかどうかよりも先に、基本的なことを調べておかねばならなかった。どうやったらそれを調べることができるのか。この店の従業員に訊ねたりしたら、不審者あつかいされることだろう。

そのとき、店の一番奥の四人席で、なにやら話し込んでいた男女が起ち上がるのを視界の隅に感じた。

「どうぞよろしくお願いします」と丁寧に頭を下げて、中年のサラリーマンふうの男を見送った女性が顔を上げたのを見て、俺の息が止まった。

とんでもなく美しい女性だった。

歳のころは三十前後。ほとんど化粧っけがないのに、眼や眉がくっきりしていて、それでいて透明感のある、なんとも言えない魅力的な美貌の持ち主だ。

なんで、こんな田舎町に、こんなすごいのがいるんだ？　俺がいままでに出会ったどんな女優よりも美しい。ありえねえぞ。そう思った。

そうやってボーっと見惚《みと》れていると、彼女と眼が合った。俺は慌てて窓の外に顔を向けた。心臓がバクバクしていた。

あれが、あの人が沙羅なんじゃないのか？　あの顔立ちは、沖縄の血なんじゃないのか？　あれほどの美しさは女優の娘だからなんじゃないのか？

こっちに近づいてくる靴音が聞こえた。そして、

「あの……」

という女の声が聞こえた。

俺は顔を上げた。あの美しい顔が俺を見下ろしていた。

「もしかして、……加納健太郎さんですか？」

俺は返事をするのも忘れて、ずっとその顔を見つめていた。

CHAPITRE 第二章 DEUX

1

俺は喫茶GREENから徒歩一分の距離にあるホテルルートインに部屋を取ると、駅の駐車場から出したプリウスをホテルの駐車場に駐め直してチェックインした。ボストンバッグを椅子の上に置き、ベッドに腰を下ろして煙草に火をつける。

さっきのは、いったいなんだったんだ？　俺はまた先ほどの情景を反芻《はんすう》していた。

「もしかして、……加納健太郎さんですか？」

女はそう言った。俺にはなにがなんだかわからなかった。

「加納健太郎さんですよね？」

女はもう一度言った。俺は慌てて頷《うなず》いた。女が微《かす》かな笑みを浮かべた。

「わたしのこと、わかりませんか？」

「え？」

「こちらにはお仕事で？」

「え、ええ……」

「まだ、しばらくいらっしゃるんですか？」

「そう、なると思います」

「じゃあ、わたしのこと思い出したら、またいらして下さいね」

謎めいた微笑《ほほえ》みを残して俺に背を向けて歩き出し、二人席の脇にある〈Ｓｔａｆｆ Ｏｎｌｙ〉と書かれたドアの奥に消えた。


どういうことなんだ？

彼女は俺を知っている。俺の顔も、名前も。おそらく俺が何者なのかも知っているはずだ。マニアックな映画ファンなら、俺のことを知っている者も多少は存在する。だが、そういった人々は大抵が中年以上の野郎ばかりで、とても彼女がそういう人種だとは思えない。

それに彼女は、俺も彼女のことを知っているかのように言った。俺が、忘れているだけかのように。俺は彼女を知っているのか？　もしそうだとするなら、彼女は女優なのか？　俺と過去に共演しているとでも言うのだろうか？

いや、そんなはずはない！

あんないい女と出会っていたら、忘れるわけがないじゃないか。じゃあ、いったいなんだって言うんだ？

俺は、過去の出演作を振り返ってみた。どこにもあんなに魅力的な女性は登場しなかった。バイトのころの同僚や客の顔を思い出してみた。早々に馬鹿らしくなった。ありえない。

そこでふいに思った。彼女は整形したのではないか？　別人のように美しくなった自分に気がついてほしいのではないか？

いや、違う。俺は即座にその考えを否定した。

彼女には、整形くささなんて微塵《みじん》もなかった。なにもかもがナチュラルそのものに思えた。俺は職業柄、いままでに多くの整形した有名ベテラン女優や、もっと多くの整形した売れない女優を見てきた。そういう女性たちの顔には共通する、なにか、がある。わからない人間には、たとえ教えられてもわからないが、わかる人間には一瞬でわかる、なにか、だ。

俺は自分のことを整形バスターであり、かつらバスターであると信じている。他の人よりそういったことの違和感に非常に気づきやすいタイプの人間だった。

まぶたを二重《ふたえ》にするぐらいならメイクでも簡単にできる。目頭切開をしたり、鼻にプロテーゼを入れたり、フェイスリフトをしたり、唇をヒアルロン酸でぽってりさせたり、小鼻を縫い縮めたり、骨を削ったり、ボトックスで額を動かなくしたりした人たちは、遠くの、ある一つの顔に近づいていっているのだ。それを俺は、整形顔、と呼ぶ。別人に見えるほど顔を変えた女を、俺が見破れないはずがなかった。

じゃあ、いったいなんなんだ？　またそこに戻った。いま彼女が幸せかどうかよりも、過去の俺との接点を見つけ出さずにはいられない気持ちになっていた。


日が暮れてから晩メシを喰いにホテルを出た。ぶらぶらと辺りを歩き廻った。〈食べログ〉や〈ぐるなび〉で検索して、この辺の評価の高い店で食べようなどとは思わなかった。俺の関心は別の方向に向かっていた。

目についたラーメン屋の暖簾《のれん》をくぐり、カウンター席に腰を下ろした。水を運んできたおばちゃんに「おすすめは？」と訊くと、カウンターの中の角刈りで白髪頭の親父が「全部」とぶっきらぼうに言った。俺は鼻で笑い、ラーメンと餃子と瓶ビールを注文した。ラーメンは普通だった。餃子は普通以下だった。

ラーメンをあらかた喰い終わり、旨くない餃子をつまみにビールを飲んでいると、新たに店に入ってきた一人の客が、一度奥に行きかけてたのに戻ってきて俺の右隣に座った。俺の右側には三席、左側には四席並んで空いているのに、なんでわざわざ俺の隣なんだ？　気持ち悪いな、と思ってそいつを見た。二十代の後半ぐらいに見えるポロシャツ姿のマラソン選手のようなタイプの痩せた男だった。

「あんた、沙羅さんの元旦那？」

そいつは俺にそう言った。ちょっと険しい表情をしていた。

「は？」

またへんなことを言う奴が現れた。呆気《あつけ》にとられているとおばちゃんが水を運んできて、男は「ニラレバ定食」と言った。

「沙羅さんって誰？」

とりあえずそう言ってみた。やはり彼女が沙羅だった。村上姓かどうかはともかくとして。

「とぼけるなよ。俺さっき見てたんだよ」

男が言った。ということは喫茶ＧＲＥＥＮの常連客なのだろう。

「あんた窓際に座ってたろ？　俺はカウンターにいた。そしたら沙羅さんのほうから寄っていって、なんて言ってるかは聞こえなかったけど、なんか親しそうだった」

ということは、こいつは彼女ばかりを見ていたのだろう。俺を見ていたら親しそうには思えなかったはずだ。

「それで俺、ピンときたんだ。別れた亭主が追いかけてきて、ヨリを戻そうとしてるなって」

「キミは間違ってる」

俺は言った。彼はそれを受け入れる気はないようだ。

「それは、元亭主じゃないけどヨリを戻そうとしてるってことなのか、元亭主だけどヨリを戻そうとはしてないって意味なのか、どっちだい？」

「どっちも違う。俺はきょう初めて彼女に会ったんだ」

「ウソだね」

そこに湯気の立つニラレバ定食が届く。男は俺とニラレバを交互に見て、どっちに手をつけようか迷っていた。俺は、どうぞ、の意味で掌《てのひら》をニラレバの皿に向けた。

男は割り箸を口にくわえて割り、俺を横目に見ながら食べ始めた。それは俺に言わせればニラレバとは呼べず、レバもやし炒めのニラ添えといった程度のものだった。

「まず、キミは彼女のなんなんだ？」

俺は言った。男は口をモグモグさせながら俺を見ていた。

「なぜ、彼女と親しそうだったからというだけで、わざわざ知らない人間に話しかけたりするのかな？」

「俺は――」

そう言ってから男は口の中の残りのものを飲み込んだ。

「沙羅さんのファンだよ。大勢いるファンの一人だ」

「ん？　彼女は、なにか芸能活動でもしてるのかい？」

「いや、ただの喫茶店のオーナーなんだけどさ、……まぁ、言ってみりゃこの界隈のアイドル？　いや、マドンナって感じかな」

「じゃあ――」

「それよりも、さっきの、きょう初めて会った、ってのはウソだろ？」

そう言って、男は食事を再開した。

「ウソじゃない。俺はきょうたまたまあの喫茶店に入ったんだ」

これはウソだった。

「そしたら、あまりにも美人がいたんでボーっと眺めてたら、なんと向こうから話しかけてきた」

男は疑いの目を向けながら、定食を口の中に詰め込んでいく。

「もしかして、……加納健太郎さんですか？　彼女はそう言った」

　そしてその続きを、俺は正確に男に伝えた。

「……ってことは、あんた誰かと間違われたってこと？」

　男が言った。そしてひと切れのレバーと大量の米を口に入れる。

「いや、ところが俺は、加納健太郎なんだ」

「え？」

　男は喉をつまらせた様子で、慌ててグラスの水を飲み干した。

「……やっぱりきょうが初めてじゃなくて、元から知り合いなんじゃないか」

「俺が彼女を忘れてるってのか？」

「実際忘れちゃってるし」

「あのな、あれほどのいい女と知り合いで、それを忘れるなんてあると思うか？」

「…………」

「俺は記憶喪失なんかじゃないぞ」

「じゃあ、どういうことなんだい？」

「俺もそれが知りたい」

　そして男に言った。

「このあと時間あるか？　一杯奢《おご》るよ」

駅前の魚民に入った。移動の道すがら互いに自己紹介していた。

俺は俳優だったことも刑務所に入っていたことも言わずに、親の跡を継いで工場を経営していると言った。

前田《まえだ》慎也《しんや》と名乗った男は、「ちょっと前まで中学の教師だったんだけど、いろいろあっていまは実家に戻ってリハビリ中なんだ」と言った。

その、いろいろあって、の部分に若干《じゃっかん》の興味をそそられたが、いまは詮索《せんさく》しないでおくことにした。

「まずは、彼女のフルネームから教えてくれ」

俺の生ビールと前田のウーロンハイが届いたところで切り出した。

「村上沙羅」

「ほう」

「なんか思い出した？」

「いや、……で、歳は？」

「三十一。一九八七年十二月四日生まれ、射手座、A型」

「すごいな、頭に入ってんだ」

「そりゃファンだから」

「で、彼女はいま独身なんだね？」

「そうだよ。バツイチだって言ってたからね。そうでなきゃ元旦那が来たなんて思わないよ」

　そして、彼女のファンにもなってはいないのだろう。

「恋人もいないってことなのかな？」

「たぶんね。少なくとも俺は知らない」

「彼女はいつごろからあの店を？」

「半年くらい前かな……。店はずっと前からあったんだけど、お母さんが亡くなって沙羅さんが跡を継いだってことらしいね」

「じゃあその前は？」

「ずっと東京にいたって聞いてるけど……」

「東京でなにをしてたのかな？」

「えー、あ、そうだ。なんか映画の会社で宣伝の仕事をしてたとか……」

「ほう」

あれほどの美人が、映画の、おそらくは配給をやっている会社の宣伝部にいたら、役者の世界にも噂ぐらいは届きそうに思えた。それを俺が知らないということは、俺が刑務所に入っていた期間と重なっているのかも知れない。

「その前は？」

「知らないよ。俺は彼女の人生の全てを知ってるわけじゃないんだから……」

前田がウーロンハイを飲み干して、タッチパネルでお替わりを注文した。彼は煙草を吸わない生き方をしていた。俺は煙草を吸いながら生ビールをチビチビと飲んだ。

「俺と彼女の接点を見つけるためには、もっと前の情報が必要なんだ」

「俺、いろいろと沙羅さんのことが知りたくてさ、……もちろんファンとしてだよ。変な意味じゃないからな」

ストーカーではないとアピールしているのだろう。

「ああ、ファン心理としては当然だ」

俺は、ちょっと気持ち悪いが嫌な奴ではない前田を安心させてやった。

「だよね。けど、沙羅さんは自分のことを話したがる人じゃないし、本人にあんまり根掘り葉掘り訊くわけにもいかないからさ」

「ＳＮＳは？」

「ダメだった。彼女フェイスブックもインスタもツイッターもやってなくてね……」

いまどきの、あの世代の女性で、それはちょっと不自然な気がした。

「誰か、彼女の昔のことを知ってる人を知らないのか？」

「知らない。……て言うか本人に訊けばいいんじゃないの？　知り合いなんだから」

「それだと、なんだか負けを認めるみたいで悔しいじゃないか」

「けど、なんにもわかんないんなら、せめてヒントぐらいもらわないとどうしようもなくない？」

「いや、自分で見つけたいんだ」

そう、俺は過去の彼女との接点よりも、俺がなぜ、彼女を覚えていないのかを知りたがっていることに気がついた。前田は、呆れたような眼で俺を見て言った。

「だったら、自分の人生を振り返ってみたほうがいいんじゃやないの？」

「それはもうやった。なにも出てこなかった」

そこで俺は思いついた。

「彼女の、村上沙羅の写真を持ってないか？　それを俺の知り合いに見せれば誰かがなにかを思い出すかも知れない」

「まぁ、持ってなくもないけど……」

前田がデニムの尻ポケットからスマホを取り出した。タップやスワイプを繰り返して写真を選んでいる。

「これが一番、沙羅さんらしいかな……」

そう言って俺に見せた写真は、村上沙羅とのツーショットを前田が自撮りしたもののようだ。軽く微笑む、俺が見た印象のままの彼女が写っていた。その写真をＡｉｒＤｒｏｐで共有させてもらった。そして俺は最後の質問をした。

「彼女はいま、幸せだと思うか？」

「……幸せって、なに？」

前田は真顔で俺を見ていた。俺もその答えは知らなかった。

2

ホテルに戻ると部屋に置いてあるボールペンでアンケート用紙の裏に数字を書いていった。スマホで検索した仲宗根みどりの情報と照らし合わせてみる。

仲宗根みどりは一九五七年生まれ。芸能界デビューが七四年で、十七歳のときだ。そして十三年後の八七年に三十歳で引退し、同じ年の十二月に村上沙羅が生まれている。

大河原の言っていたことと完璧に符合していた。やはり村上沙羅が大河原の娘だということは間違いないようだ。

いま村上沙羅に関して俺にわかっていることは、半年前まで東京に住んでいたこと、映画の宣伝の仕事をしていたらしいこと、そしてバツイチだということだけだ。射手座の生まれであることや、血液型がA型であることを除けば。

さて、これからどうしようか？　ベッドに寝転がって考えた。

手に握ったままだったスマホの画面は消えていた。指紋認証でスリープを解除すると、画面には仲宗根みどりの情報が表示されたままだった。ページを戻して画像検索してみた。画面に映し出された仲宗根みどりは、どれも美しかった。そして、髪型やメイクに古くささは感じるものの驚くほど村上沙羅と似ていた。

グーグルを閉じて、前田慎也からもらった写真を表示する。二本の指で画像を拡大して、前田の顔をフレームアウトさせた。そして村上沙羅の顔を見つめた。

微かにブラウンがかった髪の毛は、緩《ゆる》やかなウェーブのあるミディアムボブ。なめらかに張った額。くっきりとしているが、きつくはない切れ長の眼。眉と眼が近く、鼻の下が短い。少し捲《めく》れ上がっているような上唇と、ほどよい膨らみの下唇。全てが完璧なシンメトリーになっている。

やはり彼女は女優だったんじゃないのか。女優ではなかったとしても、タレントやアイドル、あるいはモデルとして芸能界で活動した期間があったはずだ。たとえ本人にその気がなかったとしても、周囲が放っておくはずがなかった。

もう一度グーグルのアプリを起動させた。

もしかして前田は、村上沙羅でしか検索していないのではないか、そう思ったからだ。試しに仲宗根沙羅で検索してみた。

結果は外れだった。仲宗根か、沙羅か、どちらかにしかヒットせず、仲宗根沙羅という人物に関する情報は皆無だった。仮に彼女が芸能活動をしていたとしても、全く別の芸名を使っていたのだろう。そんなことを考えていると欠伸《あくび》が出た。

時計を見ると、刑務所ではとっくに就寝している時間になっていた。俺の体はまだ囚人モードのままだな。そう思った。そしてすぐに眠りに落ちた。

夢を見ていた。

俺は、昭和初期のお金持ちが住んでいるらしい洋館の、だだっ広い応接間にいた。ペルシャ絨毯が敷き詰められ、ビロード張りのチェアが並んでいた。俺がこの家の主《あるじ》である初老のガウン姿の男性に辞去の挨拶をしていると、沙羅がやってきた。沙羅はこの家の長女だ。

清楚な白のブラウスの上に濃紺のカーディガンを着て、緩やかなドレープの脛《すね》までの丈のフランネルのスカートを穿《は》いている。

「お父さま、健太郎さんをお送りして差し上げないのは、失礼なのではございませんこと？」

「いえ、沙羅さん」

俺は言った。

「僕が突然伺ったのですから、お気遣いは無用に」

「でも……」

沙羅は俺を見つめていた。その眼を見たときに俺は、この女《ひと》にプロポーズしなければ、強くそう思った。彼女に大臣の息子との政略結婚の話が持ち上がっていることは知っていた。なのに俺は、なにを愚図々々《ぐずぐず》していたんだ。彼女を失った人生など考えられないではないか。

沙羅を振り切るようにして洋館を飛び出すと、俺はバス停に立っていた。夜の闇を切り裂いてヘッドライトが近づいてくる。古い型のボンネットバスだ。

ドアが開き、降りてきた一人の男が俺を見て「やあ、奇遇《きぐう》だね」と言った。ソフト帽を被り、チェスターフィールドコートを着た紳士だった。男が右手を差し出したので握手を交わすと、俺の右手に紙片を小さく折りたたんだものが残った。男は足早に歩き去っていった。紙片を広げてみると〈至急連絡を乞う〉の文字と、電話番号とは思えない長い数字の列が並んでいた。

バスはすでに走り出していた。俺は大きなため息をついて歩き出す。これは、映画の中の世界なのだろうか。俺はスパイの役を演じているのだろうか。

一刻も早く沙羅にプロポーズしなければならないというのに、厄介な国家的謀略に巻き込まれてしまったらしい。俺は焦燥感に身を焦《こ》がしていた。

そこで目が覚めた。時計を見ると、まだ夜中の一時過ぎだった。俺は部屋の照明を消し、暗闇の中に沙羅の顔を見つめていた。それは現実の沙羅ではなく夢の中の沙羅だった。そして、いつの間にかまた眠りに落ちた。今度は夢を見なかったのか、それとも覚えていないだけなのか、ともかく朝までぐっすり眠った。

刑務所での起床時間よりも早くから起き出して、刑務所とは違ってゆっくりと風呂に浸《つ》かる。頭の中は沙羅でいっぱいだった。俺は、夢の中の沙羅に恋をしてしまったのだろうか。

舞台の芝居のとき、稽古の期間も含めて一ヵ月以上も一つの役を演じ続けていると千秋楽のあとも役が抜けないことはしばしばあった。それに近いような感覚だった。別に気にするほどのことでもないだろう。

鏡を覗いて、髭を剃るかどうか考えた。やめておくことにした。この髪の毛の短さだと、少しぐらいの髭はあったほうがバランスがいい気がした。丸いサングラスでもかければジャン・レノみたいな雰囲気になるんじゃないか。そう思った。

チェックアウトの時間までまだ間があったので、グーグルで映画の配給会社を検索して過ごした。喫茶GREENでモーニングを、とも思わないではなかったが、沙羅に会いたいという感情と、まだ顔を合わせるべきではないという理性が戦い、理性が勝った。

昨夜《ゆうべ》使ったアンケート用紙の裏に、配給会社の宣伝部の直通番号を書き連ねた。誰もが知っているメジャーどころから聞いたことのない会社まで、十社をリストアップして作業を終える。

早めにチェックアウトしてプリウスでホテルを出た。日光街道沿いのジョナサンで朝食にありつく。ほぼ四年ぶりに食べた、シャキシャキキャベツのハムエッグサンドモーニングは非常に旨かった。揚げたてのポテトも残さず食べ、オレンジジュースとコーヒーを飲む。幸せだった。

駐車場のプリウスに戻ると、車を駐めたままで電話をかけ始める。

「そちらに、村上沙羅さんはいらっしゃいますか？」

六社目で望む反応が返ってきた。若い男の声で、

「あー、村上は、半年ほど前に退社しておりますが……」

Gram《グラム》ピクチャーズという、中堅どころの洋画系配給会社だった。

「ああ、そうですか、……ちなみに村上さんは、どのくらいの期間そちらで？」

「えー、少々お待ち下さい」

「…………」

「お電話替わりました。村上沙羅のことでなにか？」

女の声になった。

「村上さんは、いつごろからそちらにお勤めになったんでしょうか？」

「彼女がいたのは三年か四年？　だったと思いますけど、……あの、どういった？」

「失礼しました。私《わたくし》フリーのライターをしております山本《やまもと》と申します。実は、村上沙羅さんの亡くなったお母さまのことを取材しておりまして……」

「え？　お母さん？」

「ええ、元女優の仲宗根みどりさんを……」

「え？　沙羅のお母さん女優だったんですか？」

「あ、ご存知なかったですか？」

「ええ、……そうなんだぁ、彼女美人ですもんね」

「そちらにお勤めになる前は、なにをされてたんですかね？」

「専業主婦ですよ。それで、離婚したんでウチの会社に……」

「出身大学とかはご存知ないですかね？」

「さぁ、どうだったかな……？　あのー、わたし沙羅とはラインで繋がってますけどなんなら連絡取りましょうか？」

「いえいえ、ご連絡先は存じ上げております。ご本人にお電話させていただく前の、ちょっとした下調べのようなものでして……」

「はぁ……」

俺は丁寧に礼を言って電話を切った。

少し調査が進んだように思えたが、実際はなにも進んでいなかった。やはり彼女が映画の宣伝の仕事をしていたのは、俺の服役期間と重なっていた、ということが確認できただけだった。

グーグルで、〈グラム・ピクチャーズ　村上〉と入れて検索してみる。一万二千件ほどヒットしたが、どれも村上姓の俳優か、村上姓の原作者に関してのものだった。それでも辛抱強く見ていくと、七ページ目にそれらしきものが見つかった。

何者なのかはわからない人物のブログに、〈グラム・ピクチャーズの村上女史は、恐ろしいほどの美人だ。私と同じく日藝の出身だとわかって、大いに盛り上がったのだが……〉との記述があった。

日藝といえば日本大学藝術学部のことだ。八七年生まれの村上沙羅が、浪人も留年もせずに卒業したとすれば、二〇一〇年卒ということになる。

俺の知り合いの中に、現在三十一歳の日藝卒業生がいれば詳しいことがわかるかも知れない。日藝出身の俳優や映画スタッフは数多くいるに違いない。

だが、それをどうやって見つければいいのか。そのときスマホが鳴り出した。登録していない番号からだった。

「はい」

「あの、刑務所まで迎えに行った女ですけど」

なんだ、宮下日菜か。もうかかってくることもないと思っていたので、登録はしていなかった。

「はいはい、元キャバ嬢の宮下日菜さん。どうしました？」

「お陰さまで、きのうご相談した件が片づいちゃったんで、一応ご報告を、と……」

「それはよかった。祐太郎はお役に立ちましたか？」

「もちろん。やっぱ弁護士ってすごいんですね。いきなり相手に電話かけて、それで終了」

「料金は？」

「兄貴の紹介だから、って、三十分五千円の相談料だけでいいって。もし相手がこれ以上なにか言ってきたら、そのときに正式に受任するからって」

「お役に立ててよかったよ」

「兄弟なのに、全然タイプが違うんですね」

「そうかな？」

「だって弟さん、すっごく爽やかなタイプだし」

じゃあ俺はどんなタイプだっていうんだ？　そう思ったが、それは訊かないほうが精神衛生上よい気がした。その代わりに別の質問をした。

「キミの知り合いに、日大の藝術学部出身の人はいないかな？」

「ああ、キャバのときのお客さんで、日藝ＯＢ三人組ってのがいたけど」

「歳は？」

「全員五十過ぎ」

「じゃあいい」

「なにを調べてるの？」

「三日月座の先生に訊いてくれ。あの人が教えないことは俺も教えられない」

「わたしいま暇だから、手伝ってあげてもいいよ」

「ありがとう。でも間に合ってる」

「いま茨城？」

「ああ」

「東京に戻ってきたら電話して」

なぜ？　と訊こうとしたが、すでに電話は切れていた。

3

古河市古河図書館は、喫茶ＧＲＥＥＮのすぐ近くにあった。

図書館と公民館と保育所が入っている公共複合施設だ。俺はそこで、タレント名鑑のページをひたすら捲《めく》っていた。

日本タレント名鑑というのは、ＶＩＰタイムズ社が発行している千ページを越えるぶ厚さの、昔の電話帳のようなサイズをした俳優・タレントのプロフィールを載せた年鑑で、顔写真に芸名、本名、身長、体重、出身地、所属事務所、出演作品とともに出身校も記載されている。

この図書館には二〇一八年版が置いてあった。この本に掲載されている一万人ほどのタレントの中から、俺の知り合いで日大出身の奴を見つけなければならない。

だがそう簡単には見つからなかった。出身校を載せていない者も多いし、歳を取りすぎていたり共演したことはあっても連絡先を知っているほどではなかったりした。

三十分以上かかって、ようやく候補を一人見つけた。原口拓馬《はらぐちたくま》。以前に舞台で共演して、何度も一緒に飲んだことのある男だ。八四年生まれだから沙羅よりも三つ上の三十四歳。日大出身だが学部までは載っていないので、あとは祈るしかなかった。

すぐさま携帯にかけてみたが留守電だった。しかたなく、またページを捲る作業を続けた。五分ほど経ったころ、俺のスマホが鳴り出した。原口からだった。

「はい」

「あの、……加納さんですか？」

「そうだよ。久しぶり」

「け、刑務所出たんですか？」

「出たよ。中じゃスマホなんか使わせてもらえないからね」

「お務め、ご苦労さんです」

「俺、そーゆーの笑えないから」

「し、失礼しました……」

「あのさ、お前日大だよね？　藝術学部？」

「ええ、そうですけど、……どうかしました？」

「村上沙羅って知ってる？　お前が四年のとき、日藝の一年にいたんだけど」

「女優ですか？」

「知らないならいい。誰か知ってそうな奴はいないか？」

「そうッスね、俺の三コ下ッスよね……」

「できれば、俺の知ってる奴だと助かるんだけどな」

「あ、そういやフリーの助監督で坂元《さかもと》っているじゃないですか、髭モジャの。あいつたしか俺の三コ下で、日藝ですよ」

「はいはい、富田《とみた》組のときにセカンドでついてた」

「携帯の番号知ってます？　なんならショートメールで送りますよ」

「ああ、頼むよ」

「加納さん、……いまなにやってんですか？」

「さぁ、なんだろうね。フリーの調査員ってとこかな」

「は？」

「ありがとう。じゃあよろしく」

そう言って電話を切った。待つほどもなく、メッセージに着信があった。送られてきた携帯番号に電話をかける。

「坂元です」

「あの、以前富田組でお世話になりました、加納健太郎です」

「えッ⁉　加納さん？　……刑務所出たんですか？」

「出ました。それで――」

「役者に復帰するんですか？」

「しません。実は、ちょっとお訊ねしたいことがあって、……日藝の、一〇年卒ですよね？」

「いや、俺中退なんで……」

「村上沙羅、って知ってます？」

「え？」

「日藝で、あなたと同学年のはずなんだけど」

「そりゃ知ってますよ。彼女有名だから……」

「え？　なんで？」

「めちゃめちゃ美人じゃないですか。他の学部の奴でもみんな知ってますよ」

「彼女のことで、教えてほしいことがあるんだけど――」

「俺、いま現場で、もう行かなきゃならないんスけど……」

「現場ってどこ？」

「川口中央病院です」

「じゃあいまから行くから、どこかで五分だけ時間下さい。撮影は夜まで？」

「日没までってとこですかね」

「ちなみに、なに組？」

「長谷川《はせがわ》組です」

「了解。それじゃ後ほど……」

電話を切った。書棚にタレント名鑑を返して図書館を出る。

川口中央病院というのは埼玉県川口市のスキップシティや川口オートレース場からほど近い、国道一二二号線沿いにある廃病院だ。埼玉県有数の心霊スポットであり、映画やドラマのロケ地としてよく利用されている。俺は駐車場のプリウスに乗り込み埼玉を目指した。

四十分ほどかけて現場に着くと、機材車やロケバスが並んで路上駐車している後ろにプリウスを駐め、車輌部や制作部がうろうろしている中をなに喰わぬ顔で廃病院の敷地に入っていった。不審の眼を向けてくる者は誰もいなかった。俺は人の多いほうへと進んでいった。

ヘッドホンをして機材とともにアウトドアチェアに座っている録音技師の脇を通り過ぎると背の高いライトが立っていて、その傍《かたわ》らに首にタオルを巻いて両手に軍手をした照明助手が退屈そうにしていた。ここなら撮影の邪魔にはならないだろう。そう思ってそこから奥を覗いた。

少し前方にキャメラが据えてあって、撮影部のクルーたちがいた。知っている顔はなかった。その先には劇用車の黒のフーガが駐まっていて、その脇にヤクザ役らしきスーツ姿の役者が二人、車にもたれて立っている。さらにその先に、二、三度仕事をしたことがある五十代の長谷川監督が、髭モジャの坂元と、なにやら深刻そうに話し込んでいた。

「だからよぉ、追手《おって》が一人じゃ絵になんねえだろ⁉」

怒気を孕《はら》んだ長谷川のガラガラ声が聞こえてきた。

「けど走れないんですよ？　足引きずってたら、それこそ絵になんないっスよ！」

坂元が言い返す。こちらもかなり苛立っているようだ。

「だから他にいねえのかって言ってんだよ！　内《うち》トラでいいからよぉ……」

内トラとは、内輪のエキストラ、の略で、スタッフを画面に登場させるときに使う言葉だ。

「けど衣装はどうするんですか？　足を挫《くじ》いた山田《やまだ》さんのはデカすぎて、誰にも合いませんよ」

車にもたれているヤクザ役の一人はプロレスラーのような大男だった。

肩身が狭そうに、唇を嚙み締めてうなだれている。こいつが足を挫いた山田なのは一目瞭然だった。

そのとき長谷川がこっちを見た。

「あそこにいるじゃねえか、ちょうどいいのが」

その指差す方向を見て、坂元が駆け寄ってくる。

「加納さん！」

全てのスタッフと、二人の役者が俺のほうを見ていた。はいはい、そういう展開になるのね。

「助けてもらえませんか？　役者が一人、テストで転んじゃって……」

「もう察しはついてるよ」

俺は言った。とても断れる空気ではなかった。

「じゃあ監督を紹介します」

坂元が俺の腕を摑んで歩き出す。もう逃さないぞ、という気迫が感じられた。

「いやぁー、助かりました。予算がないんでスケジュールがもうキツキツで、きょうこのシーン撮り終えないとアウトなんですよ」

「セリフはないんだよね？」

「いや、ほんのちょっとです」

おいおい。

「あっ！　加納健太郎じゃねえか！」

長谷川が大きな声を出した。俺は長谷川の前で足を止め、頭を下げた。

「監督、ご無沙汰してます」

「刑務所出たのか？」

「出てなきゃここにいませんよ」

「いやぁ、いいときに出てきてくれた。助かったよ。ギャラははずむからな」

「いや、監督」

坂元が首を横に振った。そして俺に、

「申しわけないんですが、予算がないんでノーギャラでお願いできませんか？」

「キミがあとで俺にちゃんと協力してくれるならそれでいい」

俺は苦笑いでそう言った。

「ありがとうございます！　任せて下さい、なんでも協力しますすよ！」

笑顔で坂元が言った。長谷川はその遣り取りが聞こえなかったふりをして、

「よぉし、この件《くだり》の前の車の走り、車内は写ってないよな？」

「写ってません」

キャメラの後ろの撮影技師が言った。ゴツい体格をした四十代の男だ。

「じゃあ脚本《ホン》では二人ってことになってるけど三人乗ってたことにして……」

長谷川がスタッフや演者に聞こえるように大きな声で説明する。

「ここに着いたら一人は車内に待機して、他の二人がレイを追跡する。待機して組に連絡を取るのは、図体《ずうたい》がデカくて足が遅い山田だ。別に足を挫いたからじゃねえぞ」

スタッフから笑い声が上がる。当の山田はホッとした顔になっていた。

「じゃあ加納さん、メイクを……」

坂元が言った。すかさず長谷川が、

「いらねえよ。顔は写さねえから」

「え？　せっかく加納さんが出てくれるのに？」

「こいつの顔を写しちまったら配役のバランスが崩れるだろ。ちょい役の顔じゃねえから……」

そして後ろを振り返り、

「手持ちいけるか？」

「いけます」

撮影技師が起ち上がった。

「そんじゃ加納の後ろをキャメラが追いかけて、手持ちの長回しでこのシーン、ワンカットでいくぞ。これまでの遅れを取り戻すからな！」

一斉にスタッフが動き出した。


結局撮影は日没までに終わらなかった。俺はヘトヘトになるまで走り回らされた。

「ありがとうございました」

坂元が、スタイロフォームのカップに注いだコーヒーを差し出す。他のスタッフはすでに現場の撤収に取りかかっていた。俺はコーヒーを受け取ると、

「引き受ける前にホンを見せてもらうべきだったよ」

と皮肉を込めて言った。坂元はサラッと笑顔でそれを流した。そこに監督の長谷川がやってきた。

「加納、お疲れさん」

「マジで疲れましたよ」

「お前、なんか雰囲気変わったな」

「刑務所で少し痩せましたからね」

「いや、見た目のことじゃない。芝居が気持ち悪くなくなった」

「え？　俺、気持ち悪かったですか？」

「まぁ、なんつーのかな、ムキになって芝居してる感じがあった」

「………………」

自分では、一度もそんなふうに思ったことはなかった。

「それが、いい意味で毒っけが抜けて、いい感じになってる」

「きょうはピンチヒッターだったからじゃないですかね？」

「どうかな……、役者には戻らないのか？」

「どこも使っちゃくれませんよ」

「前科者の役者はお前が初めてじゃない」

「………………」

「お前のことを気の毒に思ってる業界人は多い。みんな力になってくれるぞ」

「そうですかねえ……」

「まぁ芸能事務所は抱えてくんねえかも知れねえが、フリーでやってりゃあそこそこ仕事はあると思うがな……。とりあえず東撮《とうさつ》の福岡さんには俺から連絡入れとく」

福岡さんというのは、練馬の東映東京撮影所のキャスティングプロデューサーだ。

「考えてみますよ」

「じゃあな、また現場で会おうぜ」

長谷川は片手を挙げて去っていった。お気持ちはありがたいが、役者に戻る意欲は湧いてこなかった。それよりさっきの、気持ち悪い、が気になっていた。ウソだろ？

「で、俺に訊きたいことってなんです？」

坂元が言った。俺は煙草に火をつけた。

「村上沙羅は、日藝でなにを専攻してたのかな？」

「彼女、映画学科なんですけど、映像表現・理論コースのシナリオ専攻なんですよ」

「え？　シナリオ？」

それは、やはり大河原の血なのだろうか。

「みんな不思議がってましたよ。映画学科には他に監督コースと撮影・録音コースと演技コースがあるんですけど、なんであんな美人が演技コースじゃないんだ、って」

「性格的に、女優には向いてないってことなのかな？」

「さぁどうなんスかね？　けっこうスカウトの話とかもあったらしいんですけど全部断ってたみたいですからね」

「で、卒業後は？」

「ああ、なんかどっかのアパレルの広報になったたって……」

「え？　なんでアパレル？」

「いや、そこまではちょっと……。やっぱ美人だからじゃないスか？」

「で、結婚するまでそのアパレルに？」

「そうなんじゃないスか、よく知らないけど」

「結婚相手についてはなにか知ってる？」

「え？　ていうか逆に知らないんですか？」

「なにを？」

「彼女が結婚したのは、いまをときめく人気俳優、鷲尾《わしお》圭輔《けいすけ》じゃないですか」

「！」

4

長谷川組の撮影隊一行は、これから都内に移動して荒川区のハウススタジオで深夜まで撮影を続けるらしい。俺はひと足先にプリウスで走り出した。

時刻は午後七時になろうとしていた。これから四十分かけて古河に戻ってもなにもすることがなかった。だからとりあえず都内を目指した。

しかし行くあてがあるわけではなかった。俺には住む家がなかった。役者を辞めて工場を継ぐことになったとき、それまで住んでたアパートを引き払い実家に戻った。逮捕されるまでは実家暮らしだった。もちろん、いまでも大森の実家には俺の部屋がある。だが、まだ母親と顔を合わせるのは気が重かった。あのときのこととか、これからどうするのかとか、いろいろ訊いてくるに決まっている。ウチのお袋はそういう人間だ。とてつもなく面倒くさかった。いまはしばらくそっとしといてやろう、そういうデリカシーに欠ける母親に優しく接してやる自信がなかった。

そして、そうできなかったときにさらに面倒くさい事態になるのは確実だ。

とはいえ、刑務所を出て最初の夜も、二日目の夜も、池袋の安いビジネスホテルに泊まった。三日目は古河の駅前のルートインだ。毎日ホテルを転々としているわけにもいかないだろう。

まずは三日月座に顔を出すことにした。大河原に現状を報告し、その流れで泊めてもらおう。大河原もいまは男の独り暮らしだ。泊めてくれないわけがない。

それにしても鷲尾かよ。唐突に思いはそこに向かった。

鷲尾圭輔は、モデル出身の典型的なイケメン俳優だ。俺にとって、最大のチャンスになるはずだったドラマ「砂の上の魚たち」の主演俳優が鷲尾だった。

別に不愉快な男ではなかった。たしか俺の二つ下だったはずだが、気さくで感じのいい青年という印象だった。だが俺は鷲尾に役者としてなんの魅力も感じなかった。素のままで、単に与えられたセリフを無難にこなしているだけのイケメンタレントだとしか思えなかった。

村上沙羅ともあろうもんが、なんで鷲尾なんかと結婚しちゃうんだよ！　村上沙羅も、世の中に腐るほどいるただのイケメン好きのＦ１層だったってことなのかよ。俺はそれが悲しかった。

まぁ結果離婚してるんだから、それを彼女の見識と捉えるしかない。

現在三十一の村上沙羅が三、四年グラムで働いていたのなら二十七、八からということだ。

二十二で大学を出て、五年か六年のあいだにアパレル勤務と結婚生活があったんだとすれば、結婚していた期間はせいぜい二、三年といったところだろう。それで鷲尾に愛想をつかしたのは、せめても、と言うべきなのだろう。

だが、それはもうどうでもいいことだった。

村上沙羅の結婚と離婚が、彼女の現在の幸せには大きく関係しているかも知れないが、俺との接点については無関係だからだ。

「砂の上の魚たち」がOAされていたのは五年前。おそらく彼女が結婚していた時期のはずだ。そのとき鷲尾とまだ関係が悪化していなかったとすれば、夫の主演ドラマは欠かさずチェックしていたことだろう。そして、そのドラマに、加納健太郎という見慣れない役者が出ていたことも知ってはいるだろう。

だが、だからといってそれだけを理由に彼女が俺に話しかけてくるとは思えない。ましてや俺のほうも彼女を知っているかのような口ぶりになるはずがなかった。

じゃあ俺と彼女の接点はどこにあるんだ？

彼女の大学時代にあるとも思えないが、その後のアパレル時代にはもっと可能性がないように思えた。さらに彼女が専業主婦だったころに出会ってるなんてことは到底考えられはしなかった。

誰かの結婚式とか葬式に、鷲尾が夫人同伴で現れた？　いやいや、そもそもあんな別嬪《べっぴん》が鷲尾の嫁だと知ったら、確実に鷲尾に憎悪を抱いていたに決まってる。

そして、もしそうだったにもかかわらず彼女の存在を忘れたんだとしたら、俺の頭がどうかしてる。

そのとき俺のスマホが鳴り出した。原口拓馬からだった。

「どうした？」

「あの、坂元とは連絡取れました？」

「ああ、いま会ってきた」

「そりゃよかった。……で、いまどちらに？」

「高速道路上。都心方面に向かって走行中だ」

「このあと時間あります？」

「なんで？」

「久しぶりに飲みませんか？　出所祝いに俺が奢《おご》りますよ」

「いや、だったらきょうのお礼にこっちが奢るよ。どこがいい？」

「じゃあ、御苑《ぎょえん》の筑前屋《ちくぜんや》でいいスか？」

新宿御苑の近くの筑前屋は、原口と一緒に出た舞台の稽古終わりに頻繁に通ってた居酒屋だ。俺が店に入ったときには、すでに原口は緑茶割りを飲んでいた。

「おめでとうございまーす！」

俺の生ジョッキが届くと、二人で乾杯した。周りの客を気にしてか、原口はなにがおめでたいのかは口にしなかった。

「いやぁ、お蔭さんで坂元《さかもつ》ちゃんから話聞けたのはよかったんだけどな……」

俺はきょうの川口中央病院での顚末《てんまつ》を話して聞かせた。原口はゲラゲラ笑った。

「いやマジですか。それだけやってノーギャラなんて……」

「まぁ長谷川監督も気にしてたみたいで、俺の役者復帰には力になってくれそうだ」

「役者に戻るんですか？」

「いや、出てきてまだ四日目だぜ。なんにも考えちゃいないよ」

「けど、役者以外にできることあるんですか？」

「失敬だな。俺は医者と弁護士とプロスポーツ選手以外なら大抵のことはできるよ」

原口が笑った。俺も少し笑った。そこでふいに思い出した。

「あのさ、俺の芝居って、気持ち悪かったか？」

「は？　どういうことですか？」

「さっき監督に言われちまってさぁ……」

俺は長谷川とのその遣り取りを話した。

「うーん、気持ち悪いってのはわかんないですけど、ムキになって芝居してる、ってのはわからなくもないですかね……」

「え？　どういうこと？」

そこに豚バラとさつま揚げと鉄板餃子が届いた。

「加納さん、ビールでいいですか？」

俺が頷《うなず》くと、原口は生ビールと緑茶割りのお替わりを頼んだ。

「あのね、いまさら先輩にこういうこと言うのもなんなんですけど、メソッドとか、スタニスラフスキーとか、やってました？」

ロシアのスタニスラフスキーによるリアリズム演劇の理論を、アメリカの演劇人らがメソッド演技法として発展させたことぐらいは知ってるが、俺はまともに勉強したことはなかった。

「やってないよ」

「けど、加納さんは自分を消して役になろうとしてたじゃないですか」

「演技ってのはそういうもんだろ？」

「だから、加納さんの場合それが過剰なんですって」

俺は売れない役者が酔って熱い演技論を戦わせるっていうのが大嫌いだったので、いままで役者同士でこういう話をするのをずっと避けてきた。

「自分を消し過ぎなんですよ。まるで別人みたいに……」

「役ごとに別の人格になれるのが役者の醍醐味じゃないのか？」

「……俺と初めて会ったときのこと覚えてます？」

「博品館《はくひんかん》の舞台だろ？」

「違いますよ。その二年くらい前に渡部《わたべ》監督のVシネで共演してるじゃないですか」

「そうだっけ？　覚えてないな……」

「加納さんあんときドラッグの売人《ばいにん》の役で、ドレッドヘアーの……」

「ああ、はいはい。……あれ？　お前いたっけ？」

「あんときの加納さんヤバかったっスよ。俺、それまで加納さんのこと知らなかったもんで、本物の人を連れてきて出演させてるんだって思いましたもん」

「フッ、そりゃ嬉しいね」

「絶対クスリやってるって思い込んでましたからね」

「俺はいままで違法薬物に手を出したことはないよ」

「あんときの監督やスタッフは、みんな加納さんを絶賛してましたけど、じゃあ加納さんを別の役でキャスティングしようって思うと思いますか？」

「…………」

「使う側からしたら、芝居が計算できる役者のほうが使いやすいんだと思いますよ」

「俺が売れなかったのはそのせいだってこと？」

「売れてる役者って、どんな役をやってもその役者の個性が輝いてる役者でしょ？」

「俺には個性がないってこと？」

「ていうか、どれが個性なんだかわかんないっスよね。加納健太郎って何人いるんだよ？　ってな感じで……」

そこにお替わりの緑茶割りと生ビールが届いた。

「ちなみにお前、鷲尾圭輔ってどう思う？」

「いいっスよねえ。中年になってきてからどんどん良くなってきてますよね」

「どこが？」

「なんつーか、肩の力が抜けてるっていうか、芝居をしてない感じっていうか……」

「…………」

「俺も、ああいう芝居がしてみたいっスよねー」

俺は気分が悪くなってきた。

「ところで、きょうのアレってなんなんです？　なんとかサラって人の件……」

「村上沙羅」

「その人を捜してるんですか？」

「大河原監督に頼まれて調べてる」

「なんか探偵みたいっスね」

「そうかな？」

「ムショ帰りの探偵なんて、なんか映画みたいじゃないですか」

「日本の映画っぽくはないね。ハリウッドっぽくもないし、まぁフランス映画かな」

「いや、イギリス映画でしょ。『モナリザ』みたいな……」

「ああ、刑務所を出たての元ギャングが高級コールガールの運転手になるヤツね」

「そんで、そのコールガールの頼みで、妹分のストリートの売春婦を捜して夜の街を彷徨《さまよ》う」

八〇年代の映画で、たしかニール・ジョーダンが脚本・監督だったはずだ。

「こっちはそんなにドラマチックじゃないよ。ただ……」

「ただ、なんです？」

「ちょっと、気になることがあってね」

「なんです？　教えて下さいよぉ」

原口は、無邪気な眼に期待感を漲《みなぎ》らせていた。俺は茨城の孝徳寺から始めて、喫茶GREENで村上沙羅と遭遇したときのことを話した。

「いいっスねえ、謎めいた女。ファム・ファタールじゃないですかぁ！」

ファム・ファタールとは、フランス語で、男にとっての運命の女、あるいは、男を滅ぼす魔性の女、といった意味で使われる。映画に関する書籍などではかなり頻繁に目にする言葉だ。

「ファム・ファタールねえ……」

「本当に、全然覚えてないんスか？」

「全く」

「けどなぁ、加納さんだったら共演した相手でも覚えてないなんてことありそうじゃないですか。役に入れ込み過ぎてて周りを見てないっつーか……」

「そんなことないよ」

「けど、俺との初対面は覚えてなかったし」

「お前はどこにでもいる売れない役者の一人じゃねえかよ。あんな美女とは違う」

「俺には個性がないってことスか？」

「いや、お前みたいなタイプの個性的な役者はいっぱいいるって意味」

「マジかぁ……」

「ところで今夜泊めてくんない？」

「無理っス。俺、去年結婚したんで」

「そりゃおめでとう。乾杯しようか？」

「1K《ワンケー》に布団敷いて二人で寝てるんで、さすがにちょっと……」

「お前いい度胸してんね。売れてもねえのに結婚なんて」

「役者は四十過ぎてから、ってよく言うじゃないですか」

「四十九のときには、役者は五十過ぎてから、って言ってんだろうな」

俺の言葉に原口が深いため息をついた。

「……ちったあ夢見させて下さいよ」

「夢ねえ」

俺は思った。三十九の俺には、いったいどんな夢があるんだろう。

とりあえず今夜はコインパーキングに駐めたプリウスの中で寝よう。レンタカー代と駐車場代を考えたら、そうでもしないと割に合わない。そうも思った。

5

目が覚めると体中が痛かった。腕時計を見る。朝の七時少し前だった。

車を降りて軽く全身を動かした。いろんな場所でパキパキと音が鳴った。後部座席に置いてあった上着に袖を通して、駐車場の隅の精算機まで歩く。料金は三千七百円だった。運転席に戻ると、ドリンクホルダーの綾鷹を飲み煙草に火をつけエンジンをかける。

知らない土地に行くときには車は必需品だ。特に喫煙者にとっては。いつでも煙草が吸えるベースを持つことができるからだ。待機場所にもなるし、仮眠を取ることもできる。そこが田舎であればあるほど車がなければ移動が困難だし、駐車場は安い。ほとんどの店や施設が無料の広い駐車場を備えているし、大抵の場合、路上駐車していてもなんの問題も生じない。だから茨城に行くのにレンタカーを借りた。だが都内に戻ってくると、途端にそれは厄介な代物になった。

都心では僅かな移動でもいちいち駐車場を探さなければならない。だが便利な場所の駐車場はいつも満車だ。空いている駐車場を探しているうちにどんどん目的地から離れていってしまうことになる。しかも駐車場代がバカ高い。

かつて、三軒茶屋のとんでもなく旨いチャンポン屋に車で行ったとき、チャンポンと皿うどんの太麵を喰って、近くの喫茶店で煙草を吸って一時間で車に戻ると、食事代とコーヒー代が二千三百四十円だったのに対して、駐車場代は二千五百円だった。どうも納得がいかない。

そもそも、移動だけを考えれば公共の交通機関を利用したほうがずっと便利だし、移動時間も短くてすむ。都心での電車移動のあいだくらいなら、俺だって煙草は我慢できる。

これからの都内での行動を考えたらレンタカーは邪魔でしかない。だからとっとと返してしまうことにした。俺はギアをD《ドライブ》に入れて走り出した。

環七沿いのエネオスでガソリンを満タンにして、高円寺駅前のトヨタレンタカーが八時に開くのを待ってプリウスを返した。

ボストンバッグ一つを手に、近くの上島珈琲店に入る。

喫煙ルームのカウンター席で、モーニングセットのベーコンエッグ&厚切りバタートーストを食べ、アイスコーヒーを飲んだ。カウンターのコンセントでスマホを充電しながらネットで鷲尾圭輔を検索する。

二〇一三年に一般女性と結婚、となっていた。そして、二〇一五年に離婚。やはり村上沙羅の結婚生活は、二年しか続かなかったようだ。

その後、鷲尾は二〇一七年に女優の中田美咲《なかたみさき》と二度目の結婚をし、昨年長男が誕生している。さらに〈鷲尾圭輔　結婚〉で検索してみたが、出てくるのは二度目の結婚についてばかりで、最初の結婚相手に関しての情報はなにもなかった。

続けて〈アパレル　広報　村上沙羅〉で検索してみた。出てきたのは新潟県村上市絡みの情報と転職関連のサイトばかりだった。

もっと適切な調べ方もあるのだろうが、俺にできるのはこんなところだった。仮にネットから村上沙羅の結婚やアパレル時代に関する情報が得られたとしても、そこに俺との接点があるとは思えない。これ以上やっても意味はなかった。

俺は深くため息をついて、煙草に火をつけた。そのとき背後で声がした。

「おはよ」

振り返るとそこに宮下日菜が立っていた。

「え？　なんで……」

驚いている俺を尻目に彼女は隣の席にトレイを置き、椅子に腰を降ろした。トレイにはコールスローたまごサラダサンドとアイスティーと灰皿が載っていた。

「なんで電話してくれなかったの？」

彼女はストローを袋から出しながら、俺のほうを見ずに言った。それが却って責められているように感じた。

「なんでここに……？」

とりあえず俺はそう言った。他になにも浮かばなかったからだ。

「ウチはここのすぐ近くだし、三日月座がまだ開いてないこの時間は、よくここにも来てるし」

「へえ……」

「戻ってきてんなら、なんで電話くれないの？」

今度は、俺のほうを見て言った。

「昨夜《ゆうべ》遅くに戻ってきたんだ。キミに電話するには遅すぎる時間だったし疲れてた。そしていまの時間じゃまだ早すぎると思ったもんでね」

俺はウソをついた。

「ふうん」

彼女が信じたのか信じていないのか、俺にはわからなかった。

「で？　俺に電話をしろっていうのは、なぜ？」

彼女はフッ、と笑いを漏らした。そして、

「きょうはこれからどうするの？」

と言ってからコールスローたまごサラダサンドに齧《かぶ》りつく。

「とりあえず着替えの服を買って、このスーツとシャツをクリーニングに出す。それからバッグの中の下着や靴下をコインランドリーで洗濯する」

「それだけ？」

「あとは、考える」

「なにを？」

「ちょっと難しい局面になっててね」

「亡くなった女優さんの、お嬢さんのこと？」

「知ってるのか？」

「三日月座の先生が教えてくれた。世間に公表するようなことじゃないけど、わたしに隠すほどのことでもない、って……」

「まぁね……」

「なにがわかって、なにが難しいの？」

俺は茨城に着いてからのことを話した。喫茶GREENでの村上沙羅との遭遇までくると、

「ちょっと待った」

日菜が俺の言葉を遮《さえぎ》った。

「その、とんでもない美人、ってのが気に入らないなぁ」

「なにが？」

喰いつくのはそこかよ。そう思った。

「写真はないの？　見せてよ」

俺はスマホに前田慎也からもらった村上沙羅の写真を表示し、見せた。

「ほお」

日菜は喰い入るようにその写真を見つめていた。

「たしかに美人だけど、ちょっと大袈裟じゃない？」

「いや、写真じゃわからないかも知れないが、生《なま》で見たらもう――」

「いやいや、いままで会ったどんな女優よりも上、はないわ……」

「いやいや、女優っていっても一般の人が見るのはプロのメイクとプロの照明の上でプロが撮影した写真や映像だ。だから恐ろしく美しく見えるけど、実際本人を目の前で見たら、頭がすごく小さいことには驚くけど別に特に魅力的ってわけでも――」

「いやいやいや、茨城の古河？　だっけ？　そういう田舎にいたら、そりゃびっくりするほどの美人かも知んないけど、都内で見たら別に驚きもしないって。このくらいのレベルなら一般人にだって、そう多くはないけどそこそこはいるから」

「いやいやいやいや、長年多くの女優を間近で見てきた俺が言うんだから――」

「長いこと刑務所にいて目が曇《くも》っててんじゃないの？」

「…………」

ダメだ。どうやってもこの女に勝てる気がしない。俺は大きなため息をついた。

「で？　そのあとどうなったの？」

日菜は食事を終えて煙草に火をつけた。

俺は前田慎也からの情報と、Ｇｒａｍピクチャーズの女性からの情報と、ネットの情報と、助監督の坂元からの情報を話した。

「へえ、鷲尾圭輔の奥さんだったたんだ。……ってことは、やっぱ相当な美人なんだね」

「だから言ったろ」

俺は小さな勝利を収めたような気になった。だがそれは、鷲尾圭輔という売れっ子俳優の名前には説得力があるが、俺の審美眼は信用されていないということの証《あかし》でもあった。

「で？　あなたはなんで彼女のことを覚えてないの？」

「は？　なんでって言われても……」

「いい？　一度会ったら絶対に忘れないような美人と会って、相手はあなたのことを覚えているのに、あなたが覚えてないのはなぜなの、って訊いてんの」

「それがわかれば苦労はないよ」

「村上沙羅がそこまでの美人じゃなかったら、忘れちゃう可能性はあるんだよね？」

「そりゃ過去に共演してても、何年も経ってから偶然会ったときに全ての役者を覚えているとはかぎらないけど……」

「つまり、あなたは過去に村上沙羅と出会ったときに、彼女のことを美人だとは認識しなかった。そういうことじゃないの？」

「整形の可能性については考えてみた。だけど俺は——」

「子供だったんじゃない？」

「は？」

「いま何歳《いくつ》だっけ？　四十？」

「三十九」

「ってことは村上沙羅が三十一だから八コ下か。俳優デビューは何歳？」

「二十歳《はたち》」

「じゃあそのとき彼女が十二。ギリ小学生だね」

「彼女が子役だったたってことか？」

「女優の娘ですごい美少女だったら、そりゃ周りの大人が放っとかないでしょ。子役デビューってのは充分あるんじゃない？　けど中学生くらいまでやって芸能界に嫌気が差した、とか……」

たしかにその可能性はあった。俺が照明を当てる側から当てられる側に廻ったように、村上沙羅もセリフを与えられる側から与える側に廻りたくて、日藝でシナリオを専攻したのかも知れない。

「けど加納健太郎はロリコンじゃないから、小学生の女子になんかなんの魅力も感じなかった」

女性のストライクゾーンはかなり広いほうだが、たしかに俺はロリコンではない。日菜の言うことには説得力があった。だが……。

「俺はいままで女の子の子役と絡んだ経験がないんだ」

「本当に？　覚えてないだけじゃなくて？」

「たとえ共演者のことは覚えていなくても、自分がやった役のことはよく覚えてる。だから――」

そのとき俺の頭の中をなにかが掠《かす》めた。俺はそれを必死で手繰《たぐ》り寄せた。おかっぱ頭。手毬。和服の少女。猫。廃墟のような古民家。漠然としたイメージがやがて一つの光景になった。そうか、そういうことだったのか。

「どうしたの？」

日菜が言った。だが俺は聞いていなかった。スマホを手に取り、グーグルに〈市村《いちむら》徹《とおる》〉と打ち込む。ウィキペディアを開いて、日本映画界の巨匠、市村徹監督の膨大なフィルモグラフィーを見ていく。あった。〈犬鳴峠《いぬなきとうげ》　一九九九〉。これだ。青で表示されている〈犬鳴峠〉の文字をタップすると、ウィキペディアのページが移動した。出演者の項目を開く。

上から七番目にそれはあった。〈瑠璃《るり》／千代丸《ちよまる》の亡霊（二役）　桐島《きりしま》さら〉。

村上沙羅は、桐島さら、という芸名で子供のころに女優をしていた。そして、加納健太郎とは共演していなかった。

「思い出したのね？」

日菜は察しがよかった。俺は思い出した全てを彼女に伝えた。


「それじゃあわかんないよねえ……」

日菜が笑顔で言った。俺も、満足げな笑みを浮かべているに違いない。

「ああ、全く結びつかなかった。キミのお蔭だ」

「じゃあ、また茨城に行くの？」

「そうだな」

「村上沙羅のことが好きになったの？」

「は？」

「さっきから、彼女のことを、まるで恋人みたいに話してたよ」

「いや、俺はあくまでも大河原監督の依頼で――」

「じゃあ、わたしがついて行っても問題ないよね？」

「え？」

「ここまできたら、村上沙羅を直《じか》に拝まなきゃ気がすまないじゃん」

「けど……」

「服を買いに行くのにつき合ってあげてもいいよ。コインランドリーの替わりにウチの洗濯機を貸してあげるし、邪魔な荷物は預かってあげる。茨城には、わたしの車で行けばいいんじゃない？」

「…………」

俺は、必死で断る理由を考えた。だが、どうせ日菜には勝てないんだろう。そんな気もした。

6

照明助手のバイトを始めて間もないころに、おそらく最初の現場がアップした直後だったと思うが、急遽よその現場の応援に駆り出されたことがあった。巨匠・市村徹監督の大作だと言われて興奮したのを覚えている。砧《きぬた》の東宝《とうほう》スタジオに初めて行ったのもそのときだ。

戦前の地方の寒村を舞台にした連続殺人事件を描く怪奇ミステリー作品だったが、撮影所の巨大なステージに建てられた寂《さび》れた村のセットに市村監督の姿はなかった。

市村監督は、メインキャストとともに群馬県の広大なロケセットで撮影中であり、スケジュールが大幅に遅れているため、明治の末期に殺害された少女・千代丸の亡霊が現れるシーンを、B班が同時進行で撮影することになったのだという。そのためのスタッフの増員だった。俺はセットの二重《にじゅう》の上に乗って、照明技師に言われるままにタングステンライトの向きを微調整していた。

チーフ助監督による撮影は順調に進んだ。スモークを焚《た》き籠《こ》め大量のドライアイスを使用した幻想的なシーンだった。妖《あや》しい光の中で、和服姿の少女が血塗《ちまみ》れの手毬を胸に抱いて、透き通った声で数え唄を口ずさんでいる。前髪が睫毛《まつげ》にかかるくらいのラインで切り揃えられたおかっぱ頭の千代丸は、凄絶な美しさを放《はな》っていた。

食事休憩になり、二重から降りてきた俺が機材の片づけをしていると背後から声がかかった。

「あの……」

振り返ると千代丸が立っていた。俺は腰を抜かしそうになった。

「猫が……」

「え？」

千代丸が俺の袖《そで》を引っ張った。俺はビビりながらも誘《いざな》われるままに歩いた。セットの中に足を踏み入れると、微かな猫の鳴き声が聞こえた。

千代丸の小さな指が指し示すほうを見ると、廃屋の板壁の破れ目から猫の頭だけが出ていた。まだ子猫のようだった。

撮影のために用意された猫なのだろうか。それとも勝手に忍び込んで、棲《す》み着いてしまったのだろうか。

板壁の穴を通り抜けようとして、頭は通ったものの体は通らなかったらしい。かといって頭を引き抜くこともできないのだろう。か細い声で鳴き続けている。

千代丸は泣きそうな顔になっていた。俺は壁の裏側に廻り、しゃがみ込んで破れ目の状態を確認した。よくこんな小さな穴に頭が通ったものだ。そう思った。板の端を曲げてどうにかなるものじゃない。壊すしかないな。そう思った。

だが、ステージの中には俺と千代丸の他に誰もいなかった。みんな、所内の食堂に行っているのだろう。猫の鳴き声が、さらに弱くなったように感じた。俺がやるしかなかった。

猫の頭の近くに、強い衝撃を加えるわけにはいかない。俺はステージの隅を歩いて美術スタッフの工具を探した。千代丸は、俺がどこかに行ってしまうのを恐れてか、ずっと俺のあとをついて廻った。ドライバーとハンマーを手に猫のところに戻る。猫の頭のかなり上のほうの板の継ぎ目にドライバーを捩《ね》じ込みハンマーで叩いた。

何度目かで板が浮いた。その板の端に指を入れて、両手で力を籠《こ》める。バキッ、と大きな音とともに猫が駆け出して、すぐに見えなくなった。

礼儀を知らない猫だな。そう思った。だが千代丸は礼儀を知っていた。

「ありがとう」

俺を見上げて言った。板壁には俺が通れそうなぐらいの穴が空いていた。

「お兄さんは、なんのお仕事の人？」

「照明部の一番下《した》っ端《ぱ》さ」

「いつか、わたしに光を当ててくれる？」

「ああ、とびっきり綺麗《きれい》に写るように当ててやるよ」

それから俺は美術スタッフを捜し、謝りに行った。

ライトのスタンドを倒してしまったことにしておいた。メチャメチャ怒鳴られた。引くほど怒鳴られた。俺の昼メシは抜きになった。だが午後も無事に撮影は続いた。

俺が十九歳、村上沙羅が十一歳のときのことだ。


「村上沙羅と会ったらどうするの？」

日菜が言った。彼女のワンボックスカーはホンダのＮ－ＢＯＸだった。色はパールホワイトで、ルーフだけがカッパーブラウンの塗装になっている。俺たちは、日菜の運転で東北自動車道を茨城に向かっていた。

「さあ、考えてないよ」

ウソだった。俺は頭の中で様々なシミュレーションをしていた。

「なりゆき任《まか》せでいいんじゃないか？」

「それはどうかな」

日菜はくわえ煙草でからかうような笑みを見せた。

「なんか、プロポーズしに行くような気合いを感じるけど……」

「………」

俺は恥ずかしかった。顔が赤くなっててんじゃないかと気になって窓の外を向いた。

そんなつもりはなかった。あれは夢の中の沙羅への、夢の中での感情にすぎない。

なのに、日菜にそう見られていたということは、無意識にそんな気分になっていたのだろうか。

俺は買ったばかりのチャコールグレーのスーツに身を包んで、日菜チョイスの淡いグレーのイタリアンカラーのシャツを着ていた。

カネに余裕はあるんだし、日菜の手前、あまり安物のスーツを買うのもカッコ悪いと思って選んだ店だったが、もしかすると俺は、村上沙羅に会いに行くための衣装を選んでいたのではないのか。そんな気がしてきた。

スーツを買った新宿の店では裾上《すそあ》げに四日かかると言われたので、ピンだけ打ってもらってネットで調べた近くのリフォームショップに持ち込んだ。

そこは二時間でやってくれた。待ち時間のあいだに下着や靴下を買い足し、日菜に昼メシを奢った。

仕上がったスーツを受け取ると高円寺に戻り、日菜の家に行った。小ぎれいなワンルームマンションだった。

着替えを済ませてから洗濯機を借りると、脱いだスーツとシャツを日菜に教わったクリーニング屋に出しに行った。戻ったときには日菜の荷造りも終わっていた。

海外旅行にでも行くのか、と言いたくなるような、キャスター付きのデカいスーツケースだった。

日菜はなにを考えているのだろうか。現物の村上沙羅を見たらすぐに引き上げるんじゃないのか？　だが、俺はなにも訊ねないことにした。そのほうがいいような気がしたからだ。

「あんまりテンション上げちゃダメだよ」

日菜が言った。

「妙に舞い上がってるように思われたら引かれるからね」

仰しゃる通りだねえ。そう思った。

前回と同じく古河駅に隣接する駐車場にN－BOXを駐め、歩いて喫茶GREENに向かうあいだに日菜が段取りを決めた。先に俺が一人で店に入り、日菜の座る場所を考慮して自分の席を決める。日菜はあくまでも無関係を装いながら、俺と村上沙羅の会話が聞き取れ、なおかつ村上沙羅の顔がよく見える席を確保したいのだという。

「いらっしゃいませー」の声に迎えられたが、村上沙羅の姿はなかった。

前回と同じ五十代と大学生ふうの二人の女性が店を回していた。俺は奥のテーブル席のほうに進んだ。

テーブル席の半分ほどが空いていた。フロアの中央辺りにはラタンの衝立《ついたて》を挟んで四人掛けのテーブル席が二つと、二人掛けのテーブル席二つが接していた。俺はそのうちの、奥側の四人席に腰を下ろした。ここなら日菜の望みに適うはずだ。

女子大生らしき女の子がお冷やとおしぼりを運んでくる。俺はオリジナルブレンドを注文し、

「村上沙羅さんがいたら、呼んでもらえませんか？」

と言った。女の子は一瞬驚いた顔になり、それからにっこりと笑った。

「すぐに呼んで参ります」

そう言って足早に去っていく。

そこに、日菜が入ってきた。店内を見回しながらゆっくり歩いてくる。俺の意図を察して、衝立を挟んだ隣の二人席に座った。俺のほうは一切見なかった。日菜のところにもお冷やとおしぼりが届き、日菜はダージリンティーを注文した。これで準備が整った気がした。俺は自分の心臓が、普段よりも元気がいいことに気がついた。胸が高鳴っているのか？　村上沙羅と会うことに緊張しているのだろうか。

初めて村上沙羅と会った、その翌々日には再び会いに来ることができてよかった。けさ偶然日菜と会ったのがラッキーだった。そうでなければ、まだまだここには来られていないはずだ。

だが、俺のラッキーは不運の前触《まえぶ》れだった。

そのせいで日菜がついてきてしまった。それが厄介だった。これからどうなるのか予想がつかない。そのとき、視界の隅になにかを感じた。

俺のためにコーヒーを運んできたのは、村上沙羅だった。俺と目が合うと、沙羅が微笑んだのがわかった。彼女の美しさは俺の記憶を軽々と越えてきた。眩《まぶ》しいほどの光を放っていた。

彼女の手のトレイに、二人分のカップ&ソーサーが載っているのを見て俺は嬉しくなった。二人で座って話ができると思ったからだ。

「わたしのこと、思い出してくれたんですね？」

沙羅はコーヒーを二つテーブルに置いた。

「ああ、キミが千代丸だとは思わなかった」

俺はそう言った。落ち着いた声が出たことにホッとしていた。

「千代丸」

沙羅はそう言って、クスクス笑った。俺の正面に腰を下ろし、トレイを横の椅子に置く。

「なんできのう来てくれなかったんですか？」

「え？」

沙羅の眼が俺の眼を捉えて離さなかった。また俺の心拍数が上がった。

「いや、ようやく思い出せたのはきょうの朝だったんだ」

「わたし、思い出さないままで会いに来てくれるのを期待してたんですよ。降参だ、教えてくれ、って言ってくるのを……」

彼女がまたクスクス笑った。人を幸せにする笑い方だ。そう思った。

「それを焦《じ》らして楽しみたかったんですけどね」

「こっちは、思い出すまで来ちゃいけないんだと思って、必死だったよ」

「本当《ほんと》ですかぁ？」

沙羅が悪戯《いたずら》っぽい眼で俺を睨《にら》んだ。けれど口元は笑っていた。そして俺は、彼女が前回会ったときよりもきちんとメイクしていることに気づいた。

二度目に俺が訪れたことに対する彼女の反応は、俺のどんなシミュレーションよりも遥かに上だった。俺はもっとクールな対応をされるのを覚悟していた。期待をするな。村上沙羅にとってはなんでもないことなんだ。俺は自分にそう言い聞かせ続けてきた。

俺はなんて幸運なんだろう。そう思った。たとえそれが不幸の入口であろうとも、いまはこの幸運に心ゆくまで浸《ひた》っていたかった。

そのときカランカラン、とドアベルの鳴る音がした。また新たな客が入ってきたのだろう。

「このあと夕食はどうされるんですか？」

沙羅が言った。

「いや、まだなにも決めてないけど……」

「もしよかったら、東京の人をご案内しても恥ずかしくないイタリアンの店が、古河にも一軒だけあるんですけど、わたしとご一緒してもらえます？」

「も、もちろん」

俺は天にも昇るような気分だった。いまの俺を、日菜はどんな眼で見てるんだろうか。きっと、ものすごく呆れた眼をしてるんだろう。だが、どう思われようと知ったこっちゃなかった。

「じゃあ予約入れちゃいますね」

弾んだ声で沙羅が起ち上がる。その姿を追った俺の視線の先に、従業員の女の子に案内されてスーツ姿の男が二人近づいてくるのが見えた。

四十代後半と三十前後の二人組だ。真っ直ぐに俺たちのテーブルに向かってくる。

「こちらのオーナーの……」

年嵩《としかさ》のほうが言った。

「はい、わたくしですけど……」

沙羅が応えた。だが、年嵩の男は俺の顔をジッと見ていた。

「もしかして、……加納健太郎さん、ですか？」

またかよ。今度はなんなんだよ⁉

「そうですけど、……なにか？」

二人の男は背広の内ポケットから取り出した二つ折りの革ケースを開いて見せた。

警察バッジが輝いていた。

「茨城県警の者ですが、ちょっと古河警察署までご同行願えませんか？」

「は？　どういうことです？」

俺の声は険悪なトーンを帯びていた。前の逮捕以来、俺は刑事が大嫌いだからだ。

「前田慎也という人物をご存知ですよね？」

「え？　ああ、おととい一緒に飲みましたけど」

「けさ方、遺体で発見されました」

「！」

沙羅が短く悲鳴のような声を漏らした。

「他殺です」

年嵩のデカは、ニコリともせずに俺を見つめていた。

CHAPITRE 第三章 TROIS

1

「あしたにしてくれませんか、これから食事に行くんで」

俺は言った。

「そこをなんとか、三十分だけおつき合い願いたいんですがね」

韓国の俳優ソン・ガンホのような顔をした年嵩のデカが言った。

「だったらここでいいでしょう」

俺は起ち上がる気配を見せずにそう言った。

「まぁ、五分以上話せるネタは持ってませんがね」

煙草をくわえて火をつける。するとガンホが顔を寄せてきて、

「ここだと、他のお客さんもいますし……」

「だったら、あすの午後にでもこっちから伺いますよ」

「…………」

ガンホは肩をすくめて俺の正面に座った。その隣の椅子に置いてあるトレイを手に取り沙羅に渡した香港の俳優ニコラス・ツェーに似た若いほうのデカが空いた椅子に座り込む。

「あの、どういうことなんですか？　……慎也くんが、……どうして？」

トレイを胸に抱いて、俺の椅子の脇に立った沙羅が言った。それには応えず、

「加納健太郎さん、で、間違いないですね？」

ガンホが言った。ツェーがノートとペンを取り出す。

「ええ」

「加える納めるに健康の健、桃太郎の太郎でよろしいですね？」

ツェーが言った。

「金太郎のほうです」

俺は言った。誰も笑わなかった。ツェーはノートに視線を向けたまま、

「現在のお住まいは？」

俺は大森の実家の住所を伝えた。ガンホが一つ咳払《せきばら》いをして、

「前田慎也氏とは、どういった関係なんです？」

「関係もなにも、おととい知り合って魚民で小一時間飲んで別れた。それだけです」

「どういう経緯で知り合ったんですか？」

「彼のほうから話しかけてきたんですよ。この近くのラーメン屋で……」

「なんという店です？」

「覚えてないですね。ここから歩いて五、六分の、焼肉屋の隣です」

「前田氏は、なんて話しかけてきたんですか？」

「さっき喫茶グリーンにいたよね、って……」

「それだけ？」

「沙羅さんの知り合い？　って……」

ガンホが沙羅のほうを見た。そして俺に視線を戻し、

「どういうことでしょう？」

「彼は、こちらの村上沙羅さんのことが好きだったんじゃないですかね？　本人は、ファンだ、って言ってましたけど。だから、彼女の周囲の男が気になったんじゃないかな？」

「あなたは、こちらの女性とはどういった？」

「おととい初めてこの店に来たとき、彼女に声をかけられたんです」

「なんと？」

「加納健太郎さんですか？　と……」

「え？　元々お知り合いなんですか？」

「そうなんですが、ずっと昔の知り合いで、そのときは思い出せなかったんですよ。なので逆に私のほうから前田氏に、沙羅さんってどういう人？　って訊ねて……」

「それで？」

「私が魚民に誘って、彼女のことを話題にして酒を酌《く》み交わした、というわけです」

「それだけ？」

「そうですよ」

「トラブルになったりは？」

「してません。最後に電話番号を交換して別れました。もちろん私が奢りましたよ」

「そのあとは？」

「私はルートインに部屋を取っていたので、ホテルに戻って寝ました」

「それは何時ごろですか？」

「たぶん、九時ちょっと過ぎぐらいだったと思います」

「寝るには、いささか早すぎる時間じゃないですか？」

「もうご存知なんでしょ？　私は最近まで刑務所にいたんです。刑務所の夜は早いんですよ」

「……そのまま朝まで？」

「ええ朝までぐっすり。私がいつ戻って、いつ出たかは、ホテルの防犯カメラを調べればわかることなんじゃないですか？　それが、アリバイとして充分かどうかは知りませんが」

「…………」

「私の推測ですが、発見された遺体が前田慎也だと確認されて、あなた方は前田氏の写真を持ってこの近辺の聞き込みに廻った。一昨日の夜、魚民を出てからの足取りが摑めない。魚民で前田氏は、この界隈では見かけたことのない、髪が短く無精髭の、黒っぽいスーツ姿の男と一緒に目撃されている。いかにも怪しい」

「…………」

「そして前田氏の携帯は一昨日の夜、加納健太郎という人物に電話をかけたのを最後に使用されてないことがわかった。警察庁のデータベースで加納健太郎という人物を検索する。その結果、加納健太郎は四日前に刑務所を出たばかりの男だと判明する。加納健太郎の逮捕時の写真を魚民の従業員に見せ、おそらく同一人物だ、という回答を得る。こうして私は最重要被疑者となった。違いますか？」

「どうかな」

「私は事件には無関係です。これ以上私の話を聞きたいというなら、逮捕状を取って出直して下さい」

ガンホが起ち上がった。慌ててツェーも起ち上がる。

「そういう態度を取られると、こっちもムキになる。あとで後悔するなよ」

ガンホが言った。

「そっちもな」

俺は言った。


「いやー、すごい展開だね」

ラタンの衝立越しに日菜が囁《ささや》き声で言った。デカたちは、俺から離れたテーブル席で村上沙羅から話を聞いていた。

「素敵なイタリアンのディナーが吹っ飛んじゃったね。可哀想に……」

全く可哀想だと思っていないのがあきらかな口ぶりだった。

「まだわからない」

俺は望みを捨ててはいなかった。

「んなわけないって。常連の、顔見知りの男の子が殺されたって聞かされた直後に、それはそれとしてイタリアンの予約を、なんて言う女がいたらクソじゃん」

「…………」

仰しゃる通りだった。俺の判断力はどうかしている。

「とにかく、ここじゃ話しづらいからわたし出るね。あとで電話する」

日菜は伝票を手に起ち上がり、レジのほうへ歩き去っていった。俺は新しい煙草に火をつけて沙羅が戻るのをのんびりと待った。なんのために待っているのかは自分でもわからなかった。

やがてデカたちが起ち上がり、俺のほうを一瞥《いちべつ》して出ていった。沙羅はデカたちをドアの辺りまで見送ってから俺のところに戻ってきた。

「お待たせしてしまって……」

俺の正面の椅子に腰を下ろす。落ち込んだ顔をしていた。俺は言った。

「イタリアンの店はまたの機会にしたほうがよさそうだ。まぁ、そんな機会があればだけど……」

「ごめんなさい……」

「前田くんとは、親しかったの？」

「親しかったってほどでもないんですけど、ほとんど毎日顔を合わせてたから……」

「俺はさっき警察に話したように、ほんのちょっとの時間一緒に飲んだだけだけど、彼は面白い男だった」

「ええ、ちょっと変わった人でしたけど……」

沙羅が僅かに微笑む。そしてすぐに暗い表情に戻った。

「じゃあ、俺、そろそろ行くよ」

テーブルの上の伝票を探したが、どこにも置いてなかった。

「あの、連絡先交換させてもらってもいいですか？　あ、携帯取ってきます」

沙羅は起ち上がると、足早に〈Ｓｔａｆｆ　Ｏｎｌｙ〉のドアの奥に消え、すぐにスマホを手に戻ってきた。俺は自分のスマホを取り出し、沙羅のスマホの画面に表示された電話番号をキーパッドに打ち込む。彼女のスマホが鳴り出すのを待って電話を切った。

「じゃあ……」

俺は起ち上がってレジに向かった。レジまで来ると沙羅がドアを開けてくれた。

「きょうのコーヒーはわたしの奢りです」

「ありがとう。ごちそうさま」

「あの、あとで少し話せますか？」

「もちろん」

「じゃあ電話します」

俺は頷いて店を出た。

そのまま歩き続けた。日菜に電話をする前に少し考えたかった。俺はいったいなにを期待していたんだろう。村上沙羅と恋仲になることをか？

あり得ない。そう思った。大河原の依頼など、どうでもよくなっていたのは間違いなかった。俺が彼女を幸せにすれば大河原の依頼も果たしたことになる。そう思ってでもいたのだろうか。

刑務所を出て五日目の、住所不定・無職の男が、どうやって他人を幸せにできるというのか。一ヵ月後の自分も想像できないのに。

あんな美女に声をかけられ、彼女が俺を知っている理由を見つけずにはいられなくなった。謎の解明に挑戦したくなった。それはまだいい。だがついに謎を解き明かしたことに興奮し、彼女のリアクションのよさに舞い上がった。まるで、この先恋愛に発展していくような錯覚に陥《おちい》ってしまっていた。俺はバカだ。そんな資格は一ミリもないことぐらいわかっていたはずなのに。

やはり、あんな夢を見たせいなのだろうか。村上沙羅へのプロポーズを決意する夢なんかを見てしまったせいで、勝手に彼女を俺のファム・ファタールにしてしまっていたのだろうか。

俺は本当にどうかしていた。これが十代の若者だというのなら別に構いやしない。だが、四十を目前にした前科者に、どんな幸せが待っているというのだろうか。

そして、女性を幸せにする、という責任を意識したのは初めてだということに気がついた。俺はいままで何人もの女性と暮らしてきた。それぞれの女性を愛してきた。みんな、俺を喰わせてくれる優しい女だった。だがそのうちの誰に対しても、幸せにしてやりたい、などと考えたことはなかった。結婚を意識したこともなかった。どの女が去ったときにも、辛いとか悲しいとかを感じたことはなかった。まぁこんなもんだ。そう思っただけだった。

俺はいままでに一度でも、本当に女性を愛したことがあったのだろうか。ぼんやりとそんなことを考えながら歩いていた。そのとき俺のスマホが鳴り出した。日菜からだった。

「どうなった？」

「いま店を出たところだ。そっちはいまどこ？」

「魚民」

「わかった」

俺は電話を切ると目の前の角を左に曲がり、駅のほうに向かった。

2

「彼女とはどうなったの？」

日菜が言った。シーザーサラダをつまみにハイボールを飲んでいた。

「あとで電話がくることになってる」

俺はタッチパネルで生ビールと枝豆を注文した。

「ネットのニュースをチェックしてみたんだけどさあ……」

日菜はスマホの画面を見ながら言った。

「茨城県古河市上辺見《かみへみ》の雑木林で発見された遺体は、市内に住む無職の前田慎也さん二十七歳と判明した。死因は後頭部を鈍器で殴打されたことによる頭蓋内損傷と見られており、茨城県警は殺人・死体遺棄事件として捜査を開始した……」

「なるほど」

「どう思う？」

「まあ、この辺りで通り魔が出たとは思えないし、ノックアウト強盗だとも思えないから、前田慎也はなんらかのトラブルを抱えていた、ってことなんだろうな」

「どんな？」

「二十七歳の元中学教師。いろいろあって現在無職。実家でリハビリ中。……どんなトラブルがあっても不思議じゃない」

そこに俺の生ビールと枝豆が届いた。

「で、これからどうするの？」

日菜が箸でサラダを突つきながら言った。

「そうだな……」

俺は生ビールをグイッと呷《あお》った。

「……もう、村上沙羅の件も終わりにしたほうがよさそうだ」

「え？」

「大河原監督には、娘さんは幸せに暮らしてる、って報告しときゃいい」

「そんなのわかんないじゃない」

「キミは、彼女をどう思った？」

「めちゃめちゃ美人だった。想像してた何倍も綺麗だった」

「だから言ったろ」

「彼女を見てるときはため息ばっか出ちゃって、……こんだけ美人だったら、そりゃ人生楽しいだろうよ！　って思ったんだけど……」

「だけど？」

「あの店出てから考えてたら、あれほどの美貌だと、逆に生き難《にく》いのかな、って」

「ん？」

「それこそトラブルの元って感じじゃん。しょっちゅう金持ちに口説かれたり、頭のおかしい奴に狙われたり、別れた男はストーカーになりそうだし……」

「ムショ帰りの男は近づいてくるし」

「でもカノケンと会えて、彼女すごく嬉しそうだった」

「俺はいつからカノケンになったんだ？」

「じゃあ、なんて呼んでほしいの？」

「……なんでもいい」

「じゃあカノケン」

「……とにかく、俺と会ったことが嬉しいんだとしたら、それは、彼女の日常が充実してて、心にゆとりがあるからじゃないのか？」

「いまが不幸せだから、かつての幸せだったころの知り合いと会えるってだけでも、とても大切なことに感じるのかも知れない」

「いま深刻な問題を抱えていたら、それどころじゃないはずだ」

「もしかしたら、カノケンがいまの不幸な状況から救い出してくれるのを期待してるのかも……」

「単に、ムショ帰りの俺に同情してるだけなのかも知れない」

「かも知れない。かも知れない。かも知れない。……結局はなんにもわかってないんだよ。それでいいの？」

「どうしろって言うんだ？」

「百万の仕事だったら、もっとちゃんとやりなさい、ってこと」

「どうやったら、ちゃんとできる？」

「彼女ともっと仲良くなることだろうね。恋人になるとかじゃなくて、友人として？あるいは俳優の先輩として、良き相談相手になるとか……」

「俳優としては、向こうのほうが先輩だ」

「だったら人生の先輩として」

「クソみたいな人生なのに？」

「そうかな？」

「元売れない役者で、元犯罪被害者で、元受刑者。誇れるものなんかなんにもない。将来に夢も希望もない。そんな俺が、人にどんなアドバイスができるんだ？」

「しくじった経験のない人よりかは、いいアドバイスができるかも……」

「………」

「それに、人と違う経験をしてるってことは武器になるんじゃない？」

「その武器で、なにと戦うんだよ？」

「ありとあらゆるものと戦い続けることが、生きる、ってことでしょ？」

日菜は真顔でそう言った。

「人生は選択の連続よ。どういう選択をするかによって、結果は大きく違ってくる。言ってみりゃ一つ一つが戦いってこと。いつも正しい選択ができるとはかぎらないし運に見放されるときもある。悪い結果になったら、いかに被害を最小限に食い止めるかの戦いが始まるし、さらにマイナスを挽回するための戦いを始めなきゃならない」

「かっこいいねえ」

揶揄《やゆ》するつもりじゃなく、俺は本当に日菜をかっこいいと思った。

「戦うのをやめたら、生きてる意味なんてないと思う」

「なるほど」

どんな親に育てられたら、もしくは少女期にどんな体験をしたら、この歳《とし》でこんな生き方になるんだろう。そう思った。

「カノケンは、ちょっと自分を否定しすぎなんじゃないかな」

「そうか？」

「いまが最悪だと思ってる？」

「……それに近いとは思ってる」

「刑務所に入れられたときは最悪だったかも知んないけど、それと比べりゃ全然マシでしょ？」

「まぁ、少なくとも自由はあるな」

俺はまた生ビールをグイッと呷った。

「酒は飲めるし、煙草も吸えるし……」

日菜が言った。

「そして百万の報酬があって、生意気だけどチャーミングな助手がいる」

「助手にしては説教が多いな」

「適切な助言をするのも助手の務めよ」

「仰しゃる通りだねえ」

「そしてあなたには、やるべきことがある」

「これは本当に、やるべきこと、なのか？」

「なにもやらないでいるよりはね」

「…………」

なんなんだこの小娘は!?　俺の人生の師か？　そして思った。俺が日菜に勝てないのも当然だ。生きていく覚悟が違う。

「で、その助手さんはこれからどうするつもりなのかな？　すでに、村上沙羅を直《じか》に拝んじゃったわけだし、そろそろ――」

「もう少し、先の展開を見てみないとね……」

「ふーん、帰らないいんだ。……じゃあ今夜の宿を考えないとな」

「もう取ったよ。ルートインの喫煙ルーム、シングルを二部屋」

日菜が右手を突き出す。

その手には、ホテルのカードキーが入った紙のケースがあった。

「さすがは優秀な助手だな」

俺はカードキーを受け取り、スーツの内ポケットに入れた。

「ところで、わたし三日月座の先生とカノケンのことをネットで調べて、その流れで大河原監督作品五本全部見ちゃったんだけど……」

「へえ、どうだった？」

「めちゃめちゃ面白かった。ちょっと、すごい、って思っちゃった。日本映画ナメてたわ」

「そりゃ嬉しいね。こんな若い女の子にそう言ってもらえるなんて、監督もさぞ喜ぶだろう」

「けどヤバいよね」

「なにが？」

「カノケン。全部別人じゃん。顔が違って見えるし、背の高さまで違って見えた」

「そう見えるように努力したからね」

「三作目の、『殺戮街』？　だっけ？　あのガリガリの……」

「ああ、二ヵ月で十三キロ落とした。死神のようなイメージにしたくてね」

「もう見る度に、初めて見る俳優、って感じ」

「あのころは、それがいい俳優だと思ってたんだ」

「いまは？」

「わからない。……もう考える必要がない」

「……………」

そのとき俺のスマホが鳴った。電話ではなくメッセージの着信音だった。沙羅からだった。

〈千代丸です。ウチの店の２軒隣のビルのＢ１にある、ＪＢというバーでお待ちしています。〉

「彼女から？」

日菜が言った。

「ああ」

俺はメッセージの画面を日菜に見せた。

「わたし、もうしばらくここにいるわ。……あとでそっちに顔出すかも」

「じゃあここの払いは立て替えといてくれ。あとで精算する」

「了解。頑張ってね」

「ここを出たら気をつけろよ。この辺りで殺人事件が起きたばかりなんだから……」

「大丈夫。前田慎也は殺されるようなトラブルを抱えてた。だから殺された。けど、わたしにはそんなトラブルはないもの。……でしょ？」

俺は首を横に振った。

「いいか、犯人はヤケクソになってるかも知れないんだ。どうせ捕まるのなら、思い残すことがないようにしときたい、って、若くて可愛い女を捜し廻ってるところかも知れない」

「なるほど。……さすがはムショ帰り、犯罪者の心理はわかっちゃうんだね」

日菜がケラケラ笑った。俺はため息とともに椅子から起ち上がり、

「とにかく、用心して損はない」

そう言って歩き出す。

「充分、気をつけやーす」

日菜の声が追ってきた。やれやれ、ナメられてるな。そう思った。そしてそのまま店を出た。

3

「お食事は？」

沙羅が言った。

さほど広くもないシンプルで落ち着いた内装の店の、一番奥のボックス席だった。

正面に座る沙羅の前にはモヒートのグラスが置いてあった。

「いや。まだ……」

俺はドリンクメニューを開いて、ジンベースのページを眺めた。

「ここ、料理も美味しいんですよ。よかったら……」

薄暗い間接照明が、沙羅をより美しく見せていた。

「キミもなにか食べる？」

「いえ、わたしはちょっと食欲がなくて……」

「だよね。俺も、いまはまだいいかな……」

俺はメニューを閉じると、バーカウンターのほうに手を挙げてジン・バックを注文した。

「あのね、……加納さんが、わたしの初恋の人だ、って言ったら信じます？」

沙羅が言った。俺は、先ほどまでのように舞い上がりはしなかった。

「信じない」

「なぜ？」

「旨い話は信じないようにしてるんだ」

「フフッ、でも本当なんですよ」

沙羅は照れたような笑みを浮かべていた。

「まあ、小五の女の子の初恋なんて、ただの憧れかも知れないけど……」

「それなら受け入れてあげてもいい」

俺の言葉に沙羅が楽しそうに笑った。俺も少し笑った。俺の酒が届くと軽くグラスを合わせ、再会に乾杯した。

「わたし、あれ以来ずっと、また現場であの照明のお兄さんに会いたい、って思ってたのに全然会えなくて……」

「だろうね」

「そしたらずいぶん経ったころに、わたしがお姫さま役で出た時代モノの映画の初号試写を見に行ったら、あのお兄さんが出てるじゃないですか若侍の役で」

「市村徹監督の『まほろばの城』だね」

「結構しっかりとセリフもあって、すぐに斬られて死んでしまう役なんだけど存在感がすごくて、うわー、あのお兄さん俳優になってたんだー、って興奮してしまって、試写が終わったらすぐプロデューサーさんに、あの最初のほうで死んでしまった若いお侍さんは誰？　って訊いたら、加納健太郎という売り出し中の若手だ、って教えてくれて、あいつは売れるよ、って……」

「見る目のないプロデューサーだな」

「それからはわたし、いつか加納健太郎と共演するんだっ！　って楽しみにしてたんですけど、中二で事務所を辞めることになって……」

「なぜ？」

「小学生のころは良かったんですけど、中学に上がったくらいから急に、仕事が激減しちゃって……」

「どうして？」

「大人っぽ過ぎるって……。背も急激に伸びて、プロフィールには一六七って書いてましたけど本当は一七一あったんです」

「なるほど」

「中学生には見えないし、高校生の役が来ても似合わないんですよ、ＪＫの制服が。なんか大人がコスプレしてるみたいだ、って言われて……」

わかるような気がした。中学生にして顔が出来上がり過ぎていたのかも知れない。日本人の感覚からすると、ハリウッド映画の高校生が大人にしか見えないのと似たようなものだろう。

「同世代の子と一緒にいると浮くから、って……」

「かもね」

「そしたら、事務所がアイドルユニットで売り出す、って言い出して」

「アイドルは嫌だった？」

「わたしは女優だ、って思ってたから……」

「そうか」

「でも、芸能界辞めても加納健太郎のことはずっと追っかけてましたよ」

「それは嬉しいね」

「大河原監督の作品はどれも強烈だった。加納さん、ここまでやるか、って感じで」

監督、あなたの娘さんは、ちゃんとあなたの作品を見ていましたよ。俺は心の中でそう呟《つぶや》いた。

「最初のヤツはオーディションで選ばれたんだけど、二本目からは、ワザと俺らしくない役柄で当て書きだった。酷《ひど》いムチャ振りだよ。俺はそれに、まんまと乗せられてしまった」

「でも、どれも見事でしたよ」

「いまにして思えば、極端な俳優像を追い求めてムキになってただけなんだろうな」

「あれだと、一部の業界人には評価されても一般的には売れないですよね」

沙羅がクスクス笑った。

「ずっと役者を続けたいとは思ってたけど、売れたいなんて考えたことがなかった」

「わたしは売れてほしかったな。そしたらもっといっぱい加納健太郎を見れたのに」

「……キミは、なぜ大人になってから女優に復帰しなかったんだ？」

「わたし、高校のころからシナリオに興味が移ってしまって……。映画もドラマも、脚本家で選ぶようになったんですよ。それまでは出てる俳優で選んでたんですけど」

なるほど、それで日藝のシナリオ専攻に繋がるのか。

「やっぱり、作品の良し悪しを決めるのは脚本ですよね？」

「ああ」

「そうそう、それでドラマの『砂の上の魚たち』ですよ！　脚本が喜多村悦子《きたむらえつこ》なんですっごく期待して見始めたら出てるじゃないですか、加納健太郎が」

「キミの元ご主人の、鷲尾圭輔が主演だった」

「え？　そんなことまでご存知なんですか？」

「キミのことを思い出すためには、いろんな奴から話を聞く必要があってね」

「あのドラマ、途中で降板させられたのは、すごく残念でした」

「そうだね。……同じものでいい？」

残りが少なくなった沙羅のグラスを指差した。沙羅が頷く。俺はバーテンダーに、モヒートとジン・バックのお替わりを頼んだ。

「あのときの加納さん、最高に魅力的でした。ああ、これで人気に火がつくな、ってわたし確信しましたもん」

「我が身の不徳の致すところだね」

「わたし、加納さんが降ろされたのは鷲尾の差し金なんじゃないか、って疑ってたんですよね」

「え？」

「彼、加納さんと共演して、すごく落ち込んでたから」

「なんで？」

「目の前で、あんな芝居をされたら堪《たま》らない、って……」

「………」

「俺が、ただセリフを読んでるだけの木偶《でく》の坊《ぼう》に見える、って……」

「主役には主役の芝居がある」

「わたしもそう言って慰《なぐさ》めてはいたんですけど全然効果なくて、現場に行くのが気が重い、って……」

「………」

「けど、あれは鷲尾のせいじゃなかったんですよね？」

「ああ、自業自得、ってヤツさ」

「加納さん、女性に手が早いんですね」

沙羅は飲み物が届いたときにも話すのをやめようとはしなかった。

「わたし、てっきり加納さんは芝居のことだけを考えて、超ストイックに生きてる人なんだって思ってました」

「実際そうだったよ。でも、そうやって生きていくには女性の助けが必要だった」

「いまも？」

「いまは刑務所を出たばかりだからね、まだ女性の助けは得られてない」

「そうだ、……事件の報道を見たときはショックでした」

「報道は見てないけど、俺もショックだったよ」

俺は苦笑いを浮かべた。

「センセーショナルな報じ方だったんです。犯罪の被害者が、警察が見つけられない逃亡中の犯人を自力で見つけ出して自らの手でケリをつけた、みたいな……。しかもそれが、ちょっと前までは俳優だったっていうんで、過去の映像がバンバン流れて、あのガリガリの死神みたいな殺し屋の映像なんかもう繰り返し繰り返し……」

「好感度が上がるとは思えないね」

「もう完全に、極悪人ですよ。裁判員たちも、そのイメージを刷り込まれてたんじゃないかな」

「だろうね」

「裁判が始まったら徐々に具体的なことが報道されるようになって、あれ？　もしかしてこの被告、別に悪いことしてないんじゃない？　って感じになって、マスコミの論調も加納さんに好意的になっていったんですけど、……結局は有罪判決で」

「ああ、俺の弁護人も言ってたよ。マスコミの報道に煽《あお》られて強気の起訴をした検察が、後《あと》には引けなくなって無理やり有罪に持っていった、ってね」

「そうなんですか……」

「そして、執行猶予がつかなかったのは俺の態度が悪かったせいだ、って……」

「本当《ほんと》に？」

「ああ、俺は怒ってたからね。俺はなんにも間違ったことはしていないのに、なんで人殺しのような扱いを受けなきゃならないんだ、って、怒りが治まらなかった」

「…………」

「弁護人は、裁判員なしの控訴審なら逆転無罪の判決が出る可能性は充分にある、と言っていた。だが、そうなったら検察は面子《めんつ》にかけて上告する。最高裁の判断が出るころには俺は五十だ。だから刑務所に行った。人生の十年を節約したんだ」

「可哀想……」

「まぁ役者を続けていれば、この経験もいつかは役に立ったかも知れないけどね」

「俳優に戻らないんですか？」

「戻れるとは思えない。戻りたいかどうかもわからない。ここ数日、自分が間違っていたことを思い知らされるばかりでね……」

「わたしは戻ってほしいな」

沙羅が俺の眼をジッと見つめた。ドキッとした。

「役者は四十過ぎてから、って言うじゃないですか」

自然に笑みがこぼれた。俺の反応を見て、沙羅も笑みを浮かべた。昨夜、原口拓馬から聞いてもなんとも思わなかった言葉が、いまは胸に響いていた。

「加納さん」

「ん？」

「本当は、こっちになにをしにいらっしゃったんですか？」

「え？」

「前回お会いしたときには、わたし加納さんがいつ出てこられたのかを知らなかったから、お仕事でいらしてるんだと思ってましたけど、いまはまだ五日目だってことがわかってしまったので、だったらお仕事じゃないな、って」

「ああ、別にウソをついたわけじゃない。わざわざ言わなかっただけで……」

俺は動揺はしなかった。この質問をされたときの答えは用意してあったからだ。

「昔お世話になった売れない役者界の長老のような人が入院してるって聞いたんで、出所してすぐにお見舞いがてら社会復帰の挨拶に行ったんだ」

さすがに沙羅に、大河原の依頼で来たと言うわけにもいかないだろう。

「そしたら頼み事をされてしまってね」

「どんな？」

「若いころに親しかった女優さんが亡くなったんだけど、自分は体がこの有様《ありさま》だから お葬式にも行けてない。どうせお前はヒマだろうから、代わりに墓参りに行ってきてくれ、って……」

「え？　それって……」

「ああ、キミのお母上の仲宗根みどりさんだ」

「そうだったんですか……」

沙羅は心底驚いていた。

「それでこっちに来て孝徳寺さんに行ってみたら、お墓は沖縄だということだったんで、それならせめてご遺族をお訪ねして、お位牌に手を合わせたいと言ったらご住職が、でしたら古河の駅前でお嬢さんが喫茶店を引き継いでおられますよ、と……」

「じゃあ、ウチの店にいらしたのは偶然じゃなかったんですね？」

「ああ、それがあんな展開になってしまって……。まさか、仲宗根みどりさんのお嬢さんというのが、あのときの千代丸だとは思いもしなかったからね」

「だったら、ぜひウチにいらして下さい。店の上のマンションが自宅なので……」

沙羅が起ち上がった。

「え？　いまから？」

ここでは動揺してしまった。

夜に、酒を飲んだ上で沙羅の部屋に行く。二人きりになる。そんな事態になる心の準備ができていなかった。

「ええ、母にお線香を上げていただけるんですから」

「いや、きょうは御仏前とかも用意してないし……」

「そんなの必要ありませんよ。さあ、行きましょう」

「…………」

なぜか、強く誘われることに怯えがあった。

「いや、あすの昼間にでも出直すよ」

「昼間だと、わたし店を離れられないんで……」

「あ、そうか……」

「いいじゃないですか。……なにか予定でもあるんですか？」

「いや、……しかし夜のこんな時間に、女性のお宅にお邪魔するわけには……」

「構いませんよ。……わたし、独りじゃありませんし」

「え？」

ふいに、沙羅の眼が昏《くら》くなったように見えた。

4

玄関には男物のサンダルが出ていた。とても沙羅が履くとは思えないサイズだ。

「どうぞ、散らかってますけど……」

沙羅はそう言ったが、部屋はよく片づいていて清潔な印象だった。

だが、沙羅の住まいらしくはなかった。どこか年寄りくさかった。リビングのローテーブルにはレースのクロスが掛けてある。壁には去年のカレンダーが貼られたままになっていた。母親のいた場所を、なるべくそのままにしておきたいのだろう。そう思った。

「ちょっとお待ち下さいね」

俺をソファーに座らせると、沙羅は奥の襖《ふすま》を開けて和室に入っていった。すると、今度は和室の隣の洋室のドアが開いた。

「なんだ、お客さんだったのか……」

軽く足を引きずるようにして出てきた七十ぐらいの男が言った。嗄《しわが》れた声だった。俺は素早くソファーから起ち上がって頭を下げた。

「お邪魔しております」

「あら、起きてらっしゃったんですか？」

和室から出てきた沙羅が言った。

「ああ、ちょっと煙草を買ってくる」

老人は背が高かった。一九〇くらいはあるのではないだろうか。そしてその体格にふさわしく白人の血が混じっているらしい彫りの深い顔をしていた。白くなった髪を短く刈り込んでいて、まるで退役軍人かのように見える。

だが大病を患《わずら》ってでもいるのか、その顔は極端に痩せていて、かなり顔色が悪い。

「じゃあわたしが買ってきます」

沙羅が言った。

「いや、お客さんが来てるんだ。自分で行けるよ」

痩せた背の高い老人が言った。

「だったら私が買ってきましょうか？」

俺は言った。

そこで沙羅が、俺に老人を紹介した。

「父、です」

老人は苦笑いを浮かべた。

「正確には、この子の母親の亭主だ。籍は入れてなかったがね」

俺はどう応えていいかわからず、ただ突っ立っているだけだった。

「こちらは加納さんです。母さんにお線香を上げにいらして下さったんです」

俺はもう一度老人に頭を下げた。

「加納健太郎です」

「ああ、どうも見たことがあるような気がしてたんだ」

老人が言った。

「役者の加納健太郎だ」

「よくご存知ですね。こんな売れない役者を」

今度は俺が苦笑いを浮かべる番だった。

「クセのあり過ぎる役者、というカテゴリーの中では、かなりの有名人だぞ」

老人が皮肉な笑いを漏らす。俺はそれに愛想《あいそ》笑いで応えた。この人も映画やドラマの業界の人間なのだろうか。そんな気がしていた。

「二人とも座って下さい。いまお茶淹《い》れますから」

沙羅が言ってキッチンに向かった。俺はソファーに腰を下ろし、老人は俺の正面に座った。

「煙草持ってるか？」

老人が言った。レースのクロスの上にはクリスタルの灰皿が置いてある。

「ええ、こんなので良ければ……」

俺はマルボロゴールドの箱を差し出した。老人が一本抜いてくわえる。

俺は身を乗り出してライターで火をつけてやった。深く吸い込んで、長く煙を吐き出してから老人が言った。

「ちょいと軽いが、悪くはない」

「普段はなにを？」

「両切りのピースだ」

「さすがですね」

俺は子供のころ以来、フィルターのない煙草を吸う人を見たことがなかった。

「以前は軽いのに変えてた時期もあったがな、この歳になるとそんなこと気にしても意味がない」

「葉っぱが口に入って気持ち悪くないですか？」

「それは素人だからだ」

「ですよね」

そこに二杯の日本茶が運ばれてきた。俺には茶托《ちゃたく》に載った蓋つきの湯呑みだったが老人のは寿司屋で出てくるような大ぶりの湯呑みだった。

「じゃあちょっと煙草を買ってきます。すぐ戻りますから……」

沙羅が俺に言った。

「慌てることはない。お茶と煙草があって話し相手がいる。俺は快適だよ」

俺はそう言って煙草に火をつけた。

「ありがとうございます」

沙羅は笑顔で会釈をして玄関に向かった。俺は老人と二人きりになった。俺は老人から仲宗根みどりとの関わりを訊ねられるのを覚悟していた。

沙羅についたウソと同じことを言えば、俺に頼んだ人物とは誰なのかを訊いてくるだろう。迂闊に実在の人物の名を出せば、この老人の場合、その人と知り合いである可能性があった。そいつなら葬式に来てたぞ、とか、あいつは入院などしてないぞ、毎日のようにゴルフに行ってる、なんてことになると面倒だ。

かといって架空の人物の名を出せば、そいつは何者だ？　と訊かれるハメになる。

どっちも楽しい展開じゃない。

だが、老人は別のことを訊いてきた。

「沙羅とはもう寝たのか？」

「いいえ」

「それは、まだそこまでたどり着いていない、という意味かな？」

「今後もその予定はない、という意味です」

「ホモなのか？」

「いえ、かなりの女好きです」

「勃《た》たないのか？」

「いえ、お蔭さまでかなり元気なほうです」

「だったらなぜだ？」

「なぜなんでしょうねえ……」

俺はため息をついた。老人は短くなった煙草を灰皿に押しつけ、

「ん？　お前さんたしか、ムショにぶち込まれたんじゃなかったか？」

「ええ、まだ出てきて五日目です」

「それを気にしてるのか？」

「気にすることは山のようにありますよ」

「堅く考えるな。抱いてやれ」

「あなたが決めることじゃないでしょう」

「この辺りの田舎者は、沙羅に怖気《おじけ》づいて誰も手を出せないでいる」

「俺だって怖気づいてますよ」

「ウソだな。お前さんが沙羅に手を出そうとしないのは、そんな理由じゃない」

「…………」

「思い切って抱いてみろ。あとのことはそれから考えればいい」

「そんな言葉に踊らされて、恥をかくのは俺ですよ」

「恥をかくのが怖いのか？」

「さあ、どうなんでしょう……」

考えてみれば、いまの俺にとって、なにが恥なのかさえわからなかった。

「恥をかくのを恐れなくなれば、人生は楽しくなるぞ」

「そんなもんなんスかねえ……」

だからといって、じゃあ沙羅さんを抱きます、となるわけがなかった。

「なんでそんなに沙羅さんを抱かせたがるんです？」

「もう一本くれ」

老人が手を出した。俺は煙草を箱ごと渡し、

「どうぞお好きなだけ」

そう言ってライターを老人の前に置いた。

「沙羅が、可哀想だからだ」

煙草に火をつけると老人が言った。意味がわからなかった。

「なにがです？」

「母親が倒れるまで顔を見たこともなかった爺《じじ》いの世話をするために、あいつはこの土地に閉じ込められている」

「…………」

「沙羅は喫茶店なんかがやりたかったんじゃない。好きな映画に関わる仕事を楽しんでいた。だが元気だった母親が急に倒れた。そして母親と同居してた俺が残された」

「そういうことですか」

「俺は末期癌《がん》なんだ。見ての通り、もう長くはない」

「…………」

「沙羅はとっとと店を処分して東京に戻ればよかったんだ。だが母親が愛した男を、死にかけてる老いぼれを、見捨てることが出来なかったんだろう。哀れなことだ」

「彼女が選んだことです」

「いや、あいつには選択肢がなかっただけだ」

「……それと、俺が彼女を抱くことと、どう繋がるんです？」

「ここ数日、沙羅の気分が弾んでいるように俺には見えた」

「…………」

「さっきお前さんを見てわかった。ああ、この男だったのか、とな」

「うーん、俺を買いかぶり過ぎてんじゃないですか？」

「俺がか？　沙羅がか？」

「どっちの場合もあり得ますね」

「どうせ独り者《もん》なんだろ？」

「どうせ、ってのは失敬な気もしますが、仰しゃる通りです」

「だったらいいだろう。損はない」

「いや、沙羅さんには俺よりもっとふさわしい男性が……」

「当たり前だ。いずれはそういう男を見つけるだろう。だからそれまで繋いでおけ」

「なんか、いちいち失敬だな……」

「お前のような前科者が、沙羅にふさわしいわけがなかろう」

「さっきまで、お前さん、だったのが、もう、お前、ですか？」

「なんだ貴様、俺がこれほど言ってやってるってのに——」

「今度は、貴様、ですか？」

「たとえワンポイント・リリーフでも、沙羅を抱ける、ということが、どれほど幸運なことだかわからんのか⁉」

「だから、その幸運が怖いんですよ」

「ん？　どういうことだ？」

「……とにかく、彼女を抱く以外に、なにか方法はないんですか？」

「まぁ、俺がとっととくたばれば、問題は解決なんだがな。……いつ死んでもいい、と思ってる人間は、なかなか死なせてもらえないもんだ」

「…………」

「病院も、俺のような状態のヤツを置いといてはくれないし、どこかの施設に入ろうと思ったら篦棒《べらぼう》なカネがかかる。どうせ大して生きやしないのに……」

　そのとき玄関のドアが開く音がした。沙羅が帰ってきた。

「続きはまたにしよう。携帯の番号を教えろ」

老人はガラケーを出し、俺はスマホを出して電話番号を交換した。

「あら、もうお友だちになったんですか？」

リビングに入ってきた沙羅が笑顔で言った。

「まあな」

老人が言った。

「俺は無理矢理、家来にさせられたような気分だ」

俺はそう言った。沙羅が笑った。いま老人から、彼女を、抱け、とそそのかされていたことも知らずに。

小ぶりな紺色のショートピースの箱を四つ老人の前に置き、

「じゃあ、こちらへどうぞ」

沙羅が和室を手で示した。俺は彼女のあとを追って和室に入った。

仏壇には、位牌と並んでハガキ大の写真立てが置かれていた。初めて見る、高齢になった仲宗根みどりも美しかった。沙羅が二本の蠟燭《ろうそく》にマッチで火をつけてくれる。

俺は仏壇の前に正座してお線香を上げた。お鈴《りん》を鳴らし手を合わせる。どうか沙羅さんの幸せをお守り下さい、そう胸の裡《うち》で呟《つぶや》いた。

リビングに戻ると、俺は老人に言った。

「それじゃ、俺はそろそろ……」

「お前、上着は？　さっきラジオで、今夜から急激に冷え込むと言ってたぞ」

マジかよ。そう思ったが顔には出さなかった。

「まぁ、なんとかなりますよ」

だが老人は沙羅のほうを向いて言った。

「箪笥《たんす》にモスグリーンのダウンがある。こいつに出してやってくれ」

沙羅は頷くと洋室のドアの奥に消え、すぐにフード付きのダウンコートを手にして戻ってきた。俺にコートを拡げて見せる。

「昔のエディバウアーだ。型は古いが質はいいぞ」

老人が俺に言った。ベーシックなスタイルなので、どこにも古臭さなどない。沙羅が後ろから着せかけてくれる。袖を通すと、ダウンコートの割りにしっかりした重みがあった。サイズも俺にぴったりだった。少し樟脳《しょうのう》の匂いがした。

「最高ですね。じゃあお借りします」

俺が言うと、老人は苦笑いを浮かべた。

「やるよ。……もう俺が着ることもあるまい」

「そんなこと、仰しゃらないで下さい」

沙羅が言った。厳しい顔をしていた。老人はなにも言わなかった。

沙羅が下まで送ってくれた。建物の外に出ると風が冷たかった。顔と、膝から下に強烈な寒さを感じた。ダウンコートがなければ泣きを入れていたかも知れない。

「加納さんのこと、とても気に入ったみたいです」

笑顔で言った沙羅の息が白かった。

「そうかな？　いきなり説教喰らったけど……」

「あの人は、誰にでも説教するんですよ」

「キミにも？」

「いえ、わたしには……」

彼女の笑顔が曇った。そして、

「あの人に、慎也くんのことをどう伝えたらいいのか……」

「ん？　前田慎也とは親しくしてたのかい？」

「ときどきウチに来て、将棋の相手をしてくれてたんです」

「そうか。だが天気予報を知ってたんだ。もうこのニュースも知ってるよ」

「ああ、そうですね」

「向こうから言い出すまでは、その件に触れなければいい」

「…………」

「じゃあ、きょうはどうもありがとう」

「あの……」

「ん？」

「加納さんは、もうこちらに来られた用事が片づいちゃったから、東京に戻られるんですよね？」

「いや、もうしばらくいるよ」

「え？」

「俺も、あの老人のことが気に入ったんでね」

「本当《ほんと》に？」

沙羅が輝くような笑顔を見せた。

「別になんの予定もないし、しばらくこっちでブラブラしようかと思ってる」

「嬉しいです」

沙羅が下を向いて言った。俺は彼女を抱きしめたくなった。だが我慢した。

「それじゃ、おやすみ」

「おやすみなさい」

俺と沙羅の眼が合った。俺は彼女に背を向けて歩き出した。通りを渡って振り返ると、沙羅が小さく手を振ってくれていた。上着を着てない彼女は、さぞかし寒いことだろう。

堪《たま》んねえな。そう思った。

5

夜の通りを歩きながら、日菜に電話をかけた。時刻は十一時になろうとしていた。もうホテルにいる、と言われた。すぐに行く、と言って電話を切った。

エレベーターで五階に上がり、俺が泊まる部屋の隣の、日菜の部屋のドアをノックした。ドアを開けるなり、俺のダウンコートを見て日菜が言った。

「それ、どうしたの？」

俺は曖昧な笑みを浮かべて部屋に入り、ダウンコートを脱いで椅子の背にかける。

「ＪＢって店覗いてみたらいないしさ、村上沙羅の部屋に泊まるつもりなんじゃねえだろうな、ってうんざりしてたんですけど」

俺が椅子に座ると、立ったままで日菜が言った。いささかご立腹のようだ。

日菜はスウェットのパーカーにパイル地のショートパンツ姿だった。ナマ脚《あし》が眩《まぶ》しかった。俺はそれから眼を背《そむ》けて、沙羅の部屋に行くことになった経緯《いきさつ》を話した。

いた。

日菜は冷蔵庫を開けて、コンビニで買ってきて入れておいたのであろう缶ビールを二本取り出して一本を俺にくれた。俺は続けて沙羅と同居している老人との遣り取りを話した。日菜はベッドに腰を下ろし、ビールと煙草を交互に口に運びながら聞いていた。

「なるほどね……」

「ようやく彼女の不幸せ要素が出てきたね」

俺が話し終えると日菜が言った。

「ああ、だが、いまが不幸せなのか、老人が死ぬことが不幸せなのか、俺には判断がつかない」

「え？　いまでしょ」

「老人はそう思ってる。だが、あの二人は実の親子とまでは言わないにしても、嫁と舅《しゅうと》ぐらいの関係を築いているように俺には見えた」

「他人にはそう見せてるだけなんじゃない？　そのほうが楽だから……」

「だけど、妙に魅力のある爺さんだったぞ」

「うーん……」

「まぁ、どのくらい老人に死が迫っているか、にもよるけどな」

「で、そのお爺ちゃんに気に入られちゃったカノケンとしては、どうするつもり？」

「わからない。……もう少し彼女からも老人からも話を聞いてみるってところかな」

「わたしは、そのお爺ちゃんと会えないのかな？」

「ん？」

「それに、村上沙羅とも直《ちょく》で話してみたいな」

「なぜ？」

「カノケンはちょっと、物事の捉《とら》え方がウェットな感じがすんだよね。わたしのほうがドライに判断できると思う」

「…………」

「なんか上手いタイミングで紹介してよ」

「けど……」

「けど、なに？　女連れで来てると知られたら彼女に嫌われる？」

「なんて紹介するんだよ？」

「妹、ってのはどう？　バレやしないでしょ？」

「妹が、なんでこんなとこまでついて来るんだ？」

「ブラコンの、お兄ちゃん好き好きシスター、ってのは？」

「…………」

俺はため息とともに起ち上がった。

「そろそろ寝るよ。続きはあした考えよう」

椅子のダウンコートを手に取ったとき、ポケットの中のスマホが鳴り出した。

取り出して画面を見る。沙羅からだった。心臓が高鳴るのがわかった。

「どうしました？」

甘い期待に胸を膨《ふく》らませつつ電話に出た。だが、それは一瞬にして打ち砕かれた。

「あの、父が、急に出かけると言い出して……」

緊迫感をはらんだ声だった。

「こんな時間に？」

「もう遅いからって止めたんですけど、聞いてくれなくて、……なんだか、様子が変なんです」

「わかった。すぐ行く」

電話を切ってダウンコートに袖を通す。

「どうした？」

日菜は起ち上がっていた。

「老人が急に出かけると言い出した。様子がおかしいらしい。ちょっと行ってくる」

俺はそのまま日菜の部屋を出た。

エレベーターホールで下向きボタンを押して待っていると、廊下を走ってくる靴音が聞こえた。日菜が追ってきたな、そう思った。到着したエレベーターの開いたドアを手で押さえて振り返る。スキニーデニムを穿き、グレーのパーカーの上に鮮やかなオレンジ色のダウンジャケットを羽織った日菜が姿を見せた。

「ついて来る気か？」

呆れて俺は言った。

「いまが、上手いタイミング、でしょ？」

日菜はそう言うと、俺を押しのけるようにエレベーターに乗り込んだ。


いまは灯が消えている喫茶GREENの前に着くと、脇のマンションの玄関から足を引きずるように老人が出てきたところだった。

「車でお送りしましょうか？」

俺が声をかけると老人は苦笑いを浮かべた。

「沙羅か……。余計なことを……」

「俺は止めに来たんじゃありませんよ。手伝いに来たんです」

「そうか。……では厚意に甘えよう」

「じゃあ、車廻してくる」

そう言って日菜が駆け出した。ホテルのほうに戻っていくその後ろ姿を見送って、

「お前が沙羅に手を出さないのは、あの女がいるせいか……」

と老人が言った。

「いやいや、あれは妹です」

「妹？」

老人が怪訝《けげん》な眼で俺を見ていた。

「刑務所を出ても全く実家に寄りつかない俺を心配して、お袋が見張りに寄越したんですよ」

俺は苦笑いでそう言って、老人がなにか言い出す前にスマホを取り出し沙羅に電話をした。

「まあいい。俺が一緒に行くから心配しないでいい、とだけ言って電話を切る。

「お前にもなにかと事情がありそうだ」

老人が言った。

「で？　あなたのほうの事情は？」

俺の問いに、老人の表情が沈んだ。

「ちょいと、厄介な問題でな……」

「どんな？」

「ヘタをすると、これから殺人事件が起きる」

「えッ!?」

そのとき日菜のＮ－ＢＯＸが角を曲がってくるのが見えた。そのまま俺と老人の目の前に滑り込んできて停まる。俺は後部座席のドアを開け、老人に手を貸して一緒に乗り込んだ。

「日菜でーす。よろしくー」

運転席から振り返った日菜が笑顔で老人に手を差し出す。キャバクラかよ！　老人は苦笑いで日菜の手を握った。日菜はハンドルに向き直ると言った。

「で、どちらに？」

「とりあえず真っ直ぐ行って、突き当りを左だ」

車が走り出すと俺は訊いた。

「どういうことなんです？」

老人が、時おり道案内を挟みながら語った話は、たしかに厄介な問題だった。

老人は、雨の日以外は散歩をするのが日課だった。ひと月ほど前、暗い顔で道端に座り込んでいる中学生の男の子を見かけて声をかけた。小学生に見えるほど幼いその顔は痣《あざ》だらけだった。ケンカをしたのか、と訊ねたが、内心はいじめにあっているんだろうと思った。男の子はなにも言わずに駆け出して、近くの一軒家に入っていってしまった。

気になって、その近所に住む将棋仲間を訪ねて訊いてみた。男の子が入っていった家には、度々パトカーが呼ばれているという。父親の暴力のせいだった。主に被害に遭っているのは高校生の長男らしい。母親や弟を庇《かば》っているのではないか、と近所では噂されていた。

だが、警察が介入しても、躾《しつけ》だ、とか、兄弟ゲンカを諫《いさ》めただけだ、として一度も事件化されてはいない。母親が、常に父親の側に立った発言をしていることが理由のようだ。

父親は元は丸の内に勤務する証券マンだったが、通勤の不便を覚悟で家族のためにこの土地に戸建ての家を購入した矢先にリストラされた。それ以降は数々の職を転々としているが、次第に酒の飲み方が酷《ひど》くなって、やがて暴力が始まった、ということらしい。

次にその男の子を見かけたとき、老人はまた声をかけた。苦しんでいるのなら力になってやる、と言った。男の子が泣き出した。

高一の兄が、父親を殺すしかない、と言っているという。このままではいずれ母親か、兄弟のどちらかが殺される。そうなってからでは遅いんだ、と。

父親が死ぬのは構わない。いっそ死んでほしい。男の子は言った。だが、兄が警察に捕まる。それを黙って見過ごすことはできない。そうも言った。そして最悪なのは父親を殺しそこねて兄だけがいなくなってしまうことだった。

兄貴を呼んでこい。老人は言った。説教なんかしない。俺が必ずお前たちを助けてやる。そのためには兄貴とも話をする必要がある。そう言った。男の子は頷き、家に駆けて行った。

やがて、男の子は一人で戻ってきた。大人を信用するな。兄にそう言われたのだという。あいつらはなにもわかっちゃいない、と。

老人は携帯の番号を男の子に教えた。兄貴を説得しろ。そう言った。

俺はもうすぐ死ぬ。なにも怖いものはないんだ。どんなことをしてでもお前たちを助けてやる。だから俺を信じろ。そう兄貴に伝えろ、と。男の子の顔に微かな希望の火が灯《とも》るのを感じた。

だがその後、男の子からの電話はなかった。散歩の際に見かけることもないままに二週間が過ぎた。そして先ほど、男の子から電話がかかってきた。今夜決行する。兄がそう言ったのだという。もう限界だ、と。

「警察には？」

日菜が言った。老人も俺も応えなかった。

警察に連絡すれば今夜の殺人が中止されることは間違いない。だが、状況はなにも変わりはしない。そして数日後に、老人に知らせが来ないまま殺人が実行されることになる。誰が死ぬことになるにせよ。

「あなたが、代わりに殺してやるつもりじゃないですか？」

俺は言った。そうすれば兄弟は救われる。おそらくは母親も。老人は殺人罪で逮捕されることになるが、彼は喜んで裁きを受け入れるだろう。そう思った。

そして、それ以外に、その兄弟を救う方法があるのだろうか、とも思った。

「一度口にした言葉には、責任を負わねばならんからな……」

老人はそれだけ言った。

6

「そこの角の右側の家だ」

老人が言った。日菜がその家の前に車を停めた。

「俺が降りたら、お前たちはそのまま行ってくれ。近くにいないほうがいい」

老人の言葉に、俺は微笑みで応えた。ドアを開け、車を降りる老人に手を貸した。ドアを閉めると、俺はさっさと目的の家に向かった。

「おい、どこへ行く⁉」

老人が言った。俺はそれを聞き流して門扉を開けた。背後で日菜が運転席から降りてくるのがわかった。玄関ドアの前まで進みインターホンのボタンを押す。午前零時を過ぎているが気にしなかった。ようやく老人が追いついてきた。

「なにをするつもりだ⁉」

荒い息で老人が言った。そのときドアが開いてパジャマ姿の男の子が顔を出した。

幼い顔をしているが左眼の周囲が紫色の痣になっていた。男の子が俺の顔を見て息を飲む。眼がまん丸に見開かれた。老人が俺の前に割り込んで男の子に言った。

「兄貴は？」

男の子は黙って人差し指を上に向けた。その背後には、真っ直ぐに伸びた廊下と、二階と地下に繋《つな》がる階段とが見えている。俺はドアを大きく開いて中に入った。

「お兄ちゃんを呼んでおいで」

俺は怖がられないように優しく言った。男の子は階段のほうを振り返り、また俺に視線を戻した。躊躇《ためら》っているようだ。老人が俺の前に出て言った。

「心配するな。兄貴を呼んでこい」

そのとき廊下の奥のドアが開いた。

「なんだ、お前らはァ⁉」

怒鳴り声が飛んできた。四十代半ばの厳《いか》つい男だった。

上は白のタンクトップ、下はグレーの作業ズボンという姿だ。背は高くはないが、剥《む》き出しの肩の筋肉が盛り上がっていて腕が太い。

「いま何時だと思ってんだ⁉」

大股で近づいてくる。酒に酔っているのがひと目でわかった。

「ちょっと外に出ようか」

俺はその男に言った。

「あんたに話がある」

「なんだと、この野郎……！」

血走った眼で男が言った。歯の隙間から押し出すような声だった。

「やめろ！」

老人が俺に言った。

「お前は引っ込んでろ」

ふいに男の子が階段を振り返った。階段の上のほうに人が立っていた。Tシャツにジャージ姿の十五、六歳の少年だった。

両の瞼《まぶた》と唇が腫《は》れ上がり、痣と擦《す》り傷だらけのその顔は試合直後のボクサーのようだった。左腕には包帯が巻かれていて、右手には包丁が握られていた。やがて階段を一段一段踏みしめるように降り始める。俺の視線に気づいて振り返った父親が、

「てめえ、なんの真似だァ⁉」

と大声を出した。その怒声でスイッチが入ったかのように、少年は階段を駆け降りて包丁を父親に向けて突進した。

立った。

　つんのめるように足を止めた少年が父親のほうに向き直る。その包丁の前に老人が
のけ反って父親が少年の体当たりを躱《かわ》した。そのまま玄関タイルに尻から落ちた。

「うわッ！」

「包丁をよこせ」

　掌《てのひら》を突き出す老人を、腫れ上がった眼で睨《にら》んで、

「邪魔するなァ！」

　少年が叫ぶ。

「俺が代わりに殺してやる。だから包丁を渡せ」

　静かに老人が言った。

「⁉」

　少年は、信じられない、という眼で老人を見ていた。俺は横から手を伸ばして少年の右手を摑み、軽く捻《ひね》って包丁をもぎ取った。老人が俺に眼を向ける。

「なんのつもりだ？」

　声に怒りが籠《こ》もっていた。

　俺は応えずに、開いたままの玄関ドアから包丁を外に放った。

「ふざけるなァ!!」

怒声とともに起ち上がった父親が、老人を背後から蹴りつけた。吹っ飛んだ老人の体が階段の手すりに激突し、消えた。地下への階段を転げ落ちていく音が聞こえた。しまった！　俺は土足のまま階段に駆け寄った。階段の下に倒れて動かない老人の姿が見えた。

階段を駆け降りようと一歩踏み出したとき背後で人が動く気配を感じた。振り返ると父親のパンチが少年の顔面を捉えていた。少年の体が床に叩きつけられる。さらに少年を踏みつけようとする父親の前に俺は割り込んだ。

いきなりパンチが飛んでくる。先に一発ぐらいは殴らせておこう。そう思ったのが間違いだった。そのパンチは強烈だった。思わず床に膝をついた。続けて膝が襲ってきた。両手でガードしたが勢いを止めることはできず、俺は後ろに倒れた。

頭を踏みつけようとする父親の足を逃れて横に転がる。慌てて起ち上がろうとしたところにまたパンチが来た。中腰のままで危うくそれを躱すと、父親の手首を両手で掴む。父親は馬鹿力で振りほどこうとしたが、渾身の力で俺は手首を捻《ねじ》り上げ、そのまま一本背負いのように肩に担いだ。鈍い音がして、父親の肘が折れた。

玄関に凄まじい絶叫が響き渡る。

床に膝をついた父親の頭を両手で押さえ、俺は膝を顔面に叩き込んだ。

鼻が潰れた父親は横様《よこざま》に倒れ、白目を剝《む》いて動かなくなった。鼻から夥《おびただ》しい血が溢《あふ》れ出ていた。

少年は起ち上がっていた。冷やかな眼で父親を見下ろしている。玄関ドアの陰から顔を出したその弟は、息を飲んで呆然と立ちつくしていた。

俺は外に向かって大きな声を出した。

「日菜ァ！　警察と救急車だ！」

「了解！」

日菜の声が聞こえた。

「すぐに警察が来る。それまでキミたちは表の車の中に座ってろ」

俺は少年とその弟に言った。

「警察には、見たことを正直に話せばいい」

少年は頷き、弟を連れて家の外に出ていった。

俺は老人の様子を確かめようと振り返った。

廊下の奥のドアの前に、女が立っていた。三十代後半ぐらいに見える。母親に違いなかった。

魂が抜けたような顔をしていた。感情のない眼で、ジッとこっちを見ている。俺はその視線を逃れて階段を駆け降りた。

老人は先ほどから一ミリも動いていないように見えた。

「大丈夫ですか？」

老人が薄く眼を開けた。

「ああ、死んではいないない」

意外にも、力のある声だった。俺はホッと息を吐き出した。

「だが腰をやっちまったらしい。起き上がることができん」

「すぐに救急車が来ます。もうしばらくそのままでいて下さい」

「フッ、このままでいる以外にやれることがない」

俺は階段を上がり玄関に戻った。

父親は意識を取り戻していた。シューズクローゼットの扉に背をもたれて、微かな呻《うめ》き声を漏らしている。だが起ち上がる気はないらしく、右の肘を左手で押さえて俺を睨みつけていた。

「あんた、命拾いしたな」

俺は言った。

「なんだ、てめえは？」

父親は、鼻に血が詰まっているせいで苦しそうだった。すっかり酔いが醒めたように見えた。

「下の息子が爺さんに相談した。兄ちゃんが父親を殺そうとしてる、ってな……」

俺の言葉に父親が眼を見開いた。

「そして、今夜実行する、と知らせてきた。おそらくあんたが寝入ってしまってから刺し殺すつもりだったんだろう。俺たちはそれを止めに来た」

「…………」

「あんたを助けるためじゃない。息子を人殺しにしないためだ」

「俺は……」

父親の視線が宙を彷徨《さまよ》った。タンクトップの胸の辺りが血で染まっている。

「自分がダメなことはわかってた。……だが、どうしようもなかった」

「そんな言いわけは、子供たちには通用しないぞ」

「何度も、酒をやめようとした。けど、できなかった……」

「だったらせめて、子供たちの前から消えてやれ」

「俺は、あいつらを、……愛してるんだ！」

「じゃあなおのこと、子供たちが望むまで姿を現すな」

「…………」

もう父親はなにも言わなかった。俺もなにも言わなかった。

やがてサイレンの音が聞こえて、パトカーと救急車がほぼ同時に到着した。老人と父親が担架で運び出される。家の周囲には野次馬が集まってきていた。すぐに規制線が張られ、俺はパトカーの後部座席に座らされて事情を訊かれた。正直にありのままを話した。

日菜も、子供たちも警察官と話していた。おそらく家の中では、母親も同じことをしているのだろう。あの母親が、どう話すのかが気になった。

俺は聴取が終わっても、パトカーの中に閉じ込められたままだった。スマホを取り出して沙羅に電話をかける。簡単に事情を話し、老人の状態を説明した。そして、俺がついていながら老人に怪我をさせたことを詫《わ》びた。

「父は、いまどこに……？」

心配そうに沙羅が言った。

「先ほど救急車で搬送された。じきにそちらに警察から連絡が行くはずだ」

「あなたは？」

「まだ帰してはもらえないようだ。あとでまた電話します」

そう言ったとき、パイロンに黄色のテープが張られた規制線が開かれ、屋根に赤色灯を載せた黒のセダンが滑り込んできた。覆面の警察車輌だ。俺は電話を切った。

車から降りてきたのは、喫茶ＧＲＥＥＮで会ったソン・ガンホに似たデカだった。

俺が事情を説明した制服警官と、なにやら話し込んでいる。いやな予感がした。

やがてガンホは、俺が乗せられているパトカーに近づいてくると後部座席のドアを開けた。笑顔を浮かべていた。

「よお、調子はどうだい？」

俺はなにも言わなかった。

「父親の虐待に遭ってる子供たちを救うために乗り込んでくるなんざぁ、かっこいいねえ」

「…………」

「だがあんたが実際にやったことは、法律的には家宅侵入罪、暴行罪、傷害罪を構成する」

「…………」

「あんた、これ以上話を聞きたければ逮捕状を持ってこい。そう言ったよな？」

「…………」

「だがこっちは現行犯なんで、逮捕状《フダ》はいらねえんだ」

ガンホは腰の後ろのケースから黒のつや消しの手錠を取り出した。

「これでゆっくり話ができそうだな」

そして俺は手錠をかけられた。

CHAPITRE 第四章 QUATRE

1

俺は古河警察署の留置場に入れられると朝までぐっすり眠った。

昼過ぎから始まった取調べには黙秘を貫いた。ソン・ガンホは怒りまくって咆《ほ》えていたが、俺は気にしなかった。俺はデカが嫌いだからだ。

今回俺が起訴されるかどうかは、あの父親の、そして母親の供述にかかっている。俺がなにをしゃべろうがしゃべるまいが、そんなことは問題ではなかった。

仮釈放じゃなくてよかった。そう思っていた。仮釈放中の身なら、この程度のことでも刑務所に戻される虞《おそ》れは充分にあるからだ。

結局、留置場にもう一泊させられて、次の朝には自由の身になった。弟の祐太郎が来てくれていた。日菜がすぐに連絡してくれたらしい。

祐太郎によると、検察は早々に俺の不起訴を決定したのだという。

「母親が、ようやく真実を語り始めた」

警察署の建物を出ながら祐太郎が言った。

「いまじゃ父親も、家族への虐待を認めている」

警察署の裏手の駐車場では、日菜がＮ－ＢＯＸで待機していた。俺は祐太郎とともに後部座席に乗り込むと日菜に言った。

「ありがとう。さすがは優秀な助手だ」

「無茶するから、こっちがヒヤヒヤするわ」

日菜が呆れた声を出した。

「で、とりあえずどこに向かえばいいの？」

「爺さんの見舞いに行く。どこの病院か知ってるか？」

「知ってる」

車が走り出すと、また祐太郎が話し始めた。

「きょう母親の両親が、横浜から子供たちを引き取りに来る」

「そうか」

「俺はそっちからも依頼を受けたんだ。と言っても、こっちから売り込んだんだけどね。まずは父親に対する家族への接近禁止命令を取るつもりだ」

「あの子たちは、なんとかなりそうか？」

「任しとけよ。なんとかするさ」

俺は、自信に満ちた祐太郎の態度を羨《うらや》ましく思った。


「具合はどうです？」

俺は老人に言った。シンプルな個室の病室だった。

「大したことはない。検査の結果、骨に異常はなかった。すぐに退院できるそうだ」

老人はベッドに横になったまま応えた。さらに顔色が悪くなったように見えた。

「まぁ、当分は一人で出歩くこともできそうにないがな……」

苦い笑みを浮かべ、祐太郎に掌《てのひら》を向ける。

「こちらは？」

「俺の弁護士です」

俺はそう紹介するに留めたが、

「弟の、加納祐太郎です」

祐太郎は爽やかな笑顔で言った。

「ほう、弟が弁護士なのか。そりゃ都合がいいな」

「ええ。あの少年たちのためにも働くことになったそうです」

俺が言うと、祐太郎が少年たちの現状と、今後の展望を説明した。それを聞いて、老人は安心したように頷いた。

「頼もしい弁護士さんだ。……結婚はしてるのか？」

「ええ、五歳と二歳の娘がいます」

「そうか、世の中上手くいかんもんだな……」

沙羅にふさわしい男を見つけた。老人はそう思ったのだろう。そして、一瞬にしてその期待は潰《つい》えた。俺は申しわけないような気になった。前科者の無職である自分が急に恥ずかしく思えてきた。話題を変えようと思ったが、なにも思いつかなかったので窓の外に目をやる。空はよく晴れていて明るかった。きょうは暖かくなりそうだ。

「カンジさん、なにか飲みます？」

日菜が老人に言った。老人は首を横に振った。

「俺はいい。あんたらは好きなものを飲んでくれ。冷蔵庫に、沙羅がいろいろと詰め込んでいったはずだ」

「カンジさん？」

俺は日菜に言った。

「ああ、カノケンまだ知らないんだっけ？　こちらはカシハラカンジさんよ」

「え⁉」

「ちなみに、わたしが妹じゃないのももうバレちゃったから……」

「もしかして、あの、脚本家の……？」

俺は老人の顔を見つめた。老人は微かな笑みを浮かべた。

「あの、の意味はわからんが、元脚本家の橿原莞爾《かしはらかんじ》だ」

「あれ？　莞爾さんのこと知ってたの？」

日菜が言った。知らないはずがなかった。

デビュー作品で、いきなり日本アカデミー賞の最優秀脚本賞を受賞し、数々の名作ドラマや傑作映画を生み出していたが、俺が役者になったころには一切の活動を停止していた。世間では、伝説の天才脚本家、と呼ばれている。行方不明になっているという噂を聞いていたし、とっくに死んだと思っている人間も多いはずだ。

「なんで言ってくれないんですかァ⁉」

つい大きな声が出てしまった。

「訊かれもしないのに言うわけがなかろう」

「いや、けど……」

「言ってたらなんだ？　もっと敬意を払っていたのに、か？」

「まぁ少なくとも、ダウンコートにサインはもらってたでしょうね」

「くだらんな」

だが櫃原は楽しそうだった。

「へえ、そんなにすごい人だったんだ」

日菜が言った。

「すごいなんてもんじゃない。役者なら誰だって、一度でいいから櫃原莞爾の作品に出てみたいと思ってるはずだ」

「大袈裟に言うな」

櫃原が言った。

「俺のホンが最後に映画になったのも、もう二十年以上前のことだ。いまの若い役者は、誰も俺のことなど知らんよ」

「そんなことありませんよ。櫃原莞爾を知らない役者は、勉強が足りないだけです」

俺はそう言った。慰めではなく、本当にそう思っていた。

「どうだかな……」

「あの、……未発表の脚本とかはないんですか？」

「そりゃ何本かはあるが……」

「読ませてもらうことって、できないんですかね？」

「なぜ？」

「読みたいからに決まってるじゃないですか！」

「だから、なぜ読みたいんだ？」

なにを言ってるんだ、この爺さんは。そう思った。

「あのね、御本人にはわからないかも知れませんが、榲原莞爾の脚本だからです」

「…………」

榲原は、つかの間考えているようだったが、やがて意味ありげな笑みを浮かべた。

「俺が退院したら、ウチに来い」

「ありがとうございますッ！」

俺は心の底からそう言った。


病院を出るとホテルに向かった。祐太郎もルートインに部屋を取っていた。

俺の部屋は逮捕の翌朝チェックアウトされていて、俺の荷物は日菜が預かってくれていた。日菜は同じ部屋に連泊している。禁煙の世界へ向かう祐太郎と別れて、俺は日菜の部屋に入った。とりあえずシャワーを借りることにした。

どのみち自分用にもう一部屋取ることになるのだが、まだチェックインの時間には早いし、それまでシャワーを我慢する気にはなれなかった。

二日ぶりのシャワーは心地好かった。

早々に留置場を出られてよかった、といまごろになって安堵《あんど》の笑みが湧いてきた。ヘタをすれば、あの父親と母親の供述次第では、もうしばらく檻の中に閉じ込められる虞《おそ》れはあったからだ。だが、まず起訴まではいかないだろうと踏んでいたし、仮に起訴されたとしても、実刑を喰らうことはないと高《たか》をくってはいたのだが。

腰にバスタオルを巻いてバスルームを出ると、ベッドの上に俺の下着や靴下、ワイシャツなどが並べてあった。日菜は窓の外を向いて煙草を吸っている。

「サービスがいいな」

そう声を掛けると日菜がこっちを向いた。

「留置場に差し入れしなきゃ、と思って、勝手にカノケンのバッグをあさっちゃったけど、きのう持っていったら、あすの朝釈放だって言われたんで持って帰ってきた」

そして、

「さすがは元俳優、いいカラダしてんね」

俺はベッドの端に腰を下ろしてフェイスタオルで頭をゴシゴシやりながら、

「刑務所暮らしのお蔭だな」

そう言った。刑務所では太れるほど喰わせてはくれないし、自由時間にはやることもないので腕立てと腹筋は毎日欠かさずにやっていた。それを三年も続けたせいで、刑務所に入る前よりも締まった体つきになっているのは間違いない。まぁ、いつまで維持できるのかはわからないが。

俺は日菜に背を向けるとバスタオルを取りボクサーショーツを穿《は》いた。日菜はもうなにも言わなかった。俺は身繕《みづくろ》いを終えると煙草に火をつけた。

「そう言えばさぁ、カノケンのバッグあさってたときに見つけたんだけど……」

日菜が言った。

「ん？」

「差出人が書いてない封筒があったよ」

「どうせ税金か年金関係だろ」

祐太郎の法律事務所で渡された郵便物の束は、バッグに突っ込んだままでチェックもしていなかった。

「いや手紙みたいだよ。手書きで、加納健太郎様、って書いてあった」

「どこ？」

「そこ、鏡の前」

俺は鏡の前のカウンターテーブルに歩を進めた。手紙らしき白い封筒を手に取って裏を見たがなにも書かれていなかった。封を切って中身を取り出す。折り畳んだ一枚の便箋が入っているだけだった。俺はベッドに腰掛け便箋を拡げた。

健太郎殿
貴殿がこれを読んでいるということは、私はすでに逮捕されるか、死んでいる、ということになる。そうなったらこの封筒を投函してくれるよう、知人に頼んでおいたからだ。

本来貴殿のものであるお宝は、手付かずのまま安全な場所に預けてある。万一この手紙が、他の人物の目に触れた場合の懸念ゆえ具体的なことは書けないが、貴殿ならきっと見つけ出してくれるものと信じている。

お宝は、私の唯一の自慢の場所にある。

迷惑を掛けたが、貴殿に私の気持ちを理解してもらえることを願っている。


書かれていたのは、それだけだった。

「なんだった？」

ため息をつく俺に、日菜が声をかけてきた。

俺は日菜に便箋を差し出す。日菜は立ったままでその短い手紙を読んだ。

「どういうこと？」

「俺の、四年前の事件のこと、どのくらい知ってる？」

「まぁネットに書かれてることには全部目を通したと思うけど……」

「これは、ウチの工場のカネを持ち逃げした犯人が書いたものだ」

「やっぱり？」

「ああ、だが意味がわからない」

「お宝、ってのは、盗まれた一億の現金のことだよね？」

「それ以外には考えられないな」

「それは手つかずで、いまもどこかにある、ってこと？」

俺は封筒の切手に捺《お》された消印を確認した。

「四年前の九月にはあった。いまはわからない」

「私の唯一の自慢の場所、って、どこだかわかる？」

「いや、皆目《かいもく》見当がつかない」

「でも、貴殿ならきっと見つけ出してくれるものと信じている、って書いてあるよ」

「…………」

須田の、唯一の自慢の場所、とはなんなのか。こう書けば、俺にはわかると須田が思っていたのは間違いない。だが、俺は思い出すことができなかった。

「そもそもさぁ、カノケンに返すつもりなら、なんで盗んだりしたんだろうね？」

それがわからない。捕まったり死んだりしなければ自分で派手に遣うつもりだったが、もしもそうならなかったときには、せめて俺に返そうということなのだろうか。

だが、この手紙の文面からは、なにか違う、明確な意図が感じられる気がした。

「がんばって思い出しちゃいなよ」

日菜が言った。

「そしたら、一億のカネが手に入るんだよ」

2

祐太郎と日菜と三人で昼食を摂《と》ることにした。俺たちは十一時に喫茶GREENに行った。

店はまだ混んではいなかった。沙羅と、初めて見る四十代半ばの女性の二人で店を回しているようだ。

沙羅が俺たちのテーブルにお冷やとおしぼりを運んでくる。祐太郎も日菜も、すでに沙羅とは顔を合わせているので紹介の必要はなかった。

「ごめんなさい。ご迷惑をおかけしてしまって……」

沙羅が俺に言った。俺は起ち上がって、

「いや、こっちこそ橿原さんの怪我を防ぐことができなくて、申しわけないと思っています」

そう言って頭を下げた。

「とんでもない。父が、罪を犯そうとしているのを止めて下さって、本当に感謝しています」

今度は沙羅が俺に頭を下げた。

「その上、弟さんや妹さんにまでご迷惑を……」

日菜は、橿原老人には妹ではないことがバレた、と言っていたが、沙羅にはまだ妹で通用しているようだ。

「いえいえ、僕は商売で来てるだけですから」

祐太郎が爽やかに笑って言った。

「ケン兄《にい》は、根はいい人なんだけどすぐ無茶するんですよね」

日菜がシレッと言った。ケン兄って誰だよ？　こいつはペテン師だ。そう思った。

沙羅が下がると、祐太郎が小声で言った。

「兄貴、あの人とつき合っちゃえばいいのに」

日菜が鼻で笑った。どういう意味だよこの野郎！　だが俺はなにも言わなかった。

俺はナポリタンセットを、祐太郎はポークカレーセットを、日菜はパンケーキセットを注文した。

思った通りナポリタンは最高だった。食べながら祐太郎に言った。

「あのさぁ、須田のおいちゃんって、なんか自慢してたことあったか？」

「ん？　なんだいいきなり……」

祐太郎が訝《いぶか》しげな眼で俺を見た。俺は封筒を取り出して祐太郎に渡す。

「ふーん、意味がわかんねえな……」

手紙を読み終えると祐太郎は首を傾《かし》げた。

「だけど、いまもそのお宝が残ってるなんて期待はしないほうがいい」

「ああ、俺もそう思ってる」

「けど、ないならないではっきりさせたいよね。その手紙の意味とかも……」

日菜が言った。

「唯一の自慢、って、二人ともわかんないの？」

「俺にはわからない、ってことに関しちゃ自信がある。だって須田のおいちゃんとはロクに話したことねえもん」

祐太郎が言った。俺も、祐太郎からなにか得られると期待していたわけではない。

あの手紙には、俺にしかわからないように書かれた、という印象があった。祐太郎に話したのは、この手紙のことを隠しておくのはズルいような気がしたというだけのことだ。

「あのおいちゃんのことなら、兄貴のほうがよく知ってるはずだろ？　中学のころ、よく映画に連れてってもらってたじゃないか。俺は小学生だからって置いていかれたのが悔しかったことだけはよく覚えてる」

そう言われて思い出した。たしかに俺は中二から中三にかけて、須田からよく映画に誘われていた。

須田が離婚して、息子の隆一とも会えなくなったのが寂しいんだろう。そう思って俺はなるべく断らないようにしていた。

やがて俺は誘われなくなった。それが、次の嫁になった女性と知り合ったせいだ、ということは、ずいぶんあとになってから知った。

「まぁ、もしそんなお宝がまだ残ってるとしたら、それは全て兄貴のもんだ」

祐太郎は、徳川の埋蔵金の話でもするような軽さで言った。

「あんな形で刑務所に放り込まれた賠償金としてもらっとけよ」

「だが、お前にも権利がある」

「いいよ。俺はいまの事務所を起ち上げるとき親父にかなり援助してもらってるし、俺はリアリストだから、夢のような話には興味がないんでね」

そう言って祐太郎は笑った。

「ただし遣うときには相談してくれ。ヘタな遣い方すると、税務署に目をつけられるからな」

話はそれで終わった。

新たな依頼人である、虐待を受けていた少年たちの祖父母を駅まで迎えに行くために祐太郎は先に店を出ていった。もしかすると俺と日菜の煙草の煙が嫌だったのかも知れないが。

「可能性があるとすれば、中学のころの、一緒に映画を見に行ってたときの会話の中だよね？」

日菜が言った。俺もそれしかないと思っていた。

「たぶんね」

「なんか思い出せないの？」

「二十五年も前なんだぞ。キミは中学生のときに親戚のおじさんと話した内容を思い出せるか？」

「100パー無理」

「だよな……」

「でもね、それを思い出したら一億くれるっていうなら、意地でも思い出すけどね」

「どうやって？」

「気合いで」

「だろうね」

須田がかなりの映画好きだったのは間違いない。

当時連れて行かれたのは日本映画ばかりで、しかも封切館ではなく、池袋や新宿の名画座だった。モノクロの作品が多かった。

そのころはまだ家庭のテレビはブラウン管がほとんどだったし、当然いまと比べてサイズも小さかった。我が家のテレビは、たしか20型ぐらいだったはずだ。レンタルビデオ店は隆盛を誇っていたが、ＤＶＤではなくＶＨＳが主流だった。そんな時代に劇場の大スクリーンで名作映画ばかりを見続けたことは、俺にかなりの影響を与えている。

黒澤明《くろさわあきら》監督の「七人の侍」、「用心棒」、「椿三十郎」や、小林正樹《こばやしまさき》監督の「切腹」、「上意討ち」は紛れもない傑作だし、山中貞雄《やまなかさだお》監督の「河内山宗俊《こうちやまそうしゅん》」、稲垣浩《いながきひろし》監督の「旅はそよ風」、森一生《もりかずお》監督の「不知火検校《しらぬいけんぎょう》」、工藤栄一《くどうえいいち》監督の「十三人の刺客《しかく》」などの名作はいまも鮮明に覚えている。

俺が映画好きになったのも、撮影所にバイトに行き、その結果役者の道に進むことになったのも、言ってみれば須田のお蔭なんじゃないのか。いまごろになってそんなふうに思った。

「映画を見に行ったときには一緒に食事とかもしたんでしょ？」

日菜が言った。

「ああ、老舗《しにせ》の洋食屋とか中華屋なんかでごちそうしてくれたよ」

俺はそう言った。ふいに、ずっと思い出すこともなかったあの洋食屋の光景が目に浮かんだ。

「ごはん食べてるときは、どんな話してたの？」

「映画の感想を言い合ってただけで、個人的な話はしてないんじゃないかな」

「趣味の話とかは？」

「映画が趣味だったんじゃないか？　詳しかったから。……他の趣味は知らないな」

「詳しいって、どんなふうに？」

「この俳優は、どれほどすごい大スターだったか、とか、この監督はなになにという作品でベネチアの賞を取った、とか、この映画が面白いのは監督の力ではなく脚本家の力だ、とか……」

「マニアじゃん」

「ああ、大学のときは映画研究会に入ってた、って言ってたからな」

「おっ、なんか思い出してきてんじゃないの？」

日菜が笑った。俺は驚いていた。自分がこんなことを思い出すなんて思ってもいなかった。

「実は、こういう映画に関わったことがある、……なんて話は？」

「いや」

「実は、映画監督を目指してたんだ、なんてのは？」

「いや」

「実は、この俳優とは遠い親戚なんだ、とか……」

「いや」

「じゃあ一番好きな映画は？　俺はこの映画を百回見たぞ、とか……」

「いや」

「じゃあ逆に、そのころカノケンが一番気に入った映画は？」

「うーん、なんだろう……」

「俳優でもいいや。そのおいちゃんと一緒に見た映画で好きな俳優は誰？」

「やっぱ阪妻《ばんつま》かな……」

「バンツマ？」

「阪東妻三郎《ばんどうつまさぶろう》。大正から昭和の初めのころの大スターだ」

俳優の田村高廣《たむらたかひろ》、田村正和《まさかず》、田村亮《りょう》兄弟の父親だ、と言っても、日菜にはピンとこないだろうから言わずにおいた。

「その俳優にまつわるこんな物を持ってる、なんて言ってなかった？」

「いや」

阪妻の映画で好きなのは、マキノ正博《まさひろ》監督の「血煙《ちけむり》高田の馬場」、丸根賛太郎《まるねさんたろう》監督の「月の出の決闘」、松田定次《まつださだつぐ》監督の「国定忠治《くにさだちゅうじ》」などだが、映画の出来云々《うんぬん》よりも、阪妻の存在感が圧倒的だ、という印象だった。

このうちの、マキノ正博監督と松田定次監督が異母兄弟だ、という蘊蓄《うんちく》も須田から教わったような気がする。

「あ！」

思わず声が出ていた。

「思い出した？」

日菜が眼を輝かせる。

「いや」

だが、なにかにたどり着いた感触があった。

目の前に、まだ四十代半ばの、黒い髪がフサフサしている須田の、自慢げな笑顔がくっきり像を結んでいた。それは俺を可愛がってくれた、熱心に映画を教えてくれた懐かしい顔だった。

俺は役者になったころから、それ以前のことを思い出さなくなった。俺の興味は、自分の芝居のことだけになっていた。学生時代の友人の誰とも会わなかったし、須田と顔を合わせることも一度もなかった。まぁ実家を勘当同然となった身としては当然なのかも知れないが。

そして、役者を辞め工場の跡を継いだときにも須田は、かつてお世話になった人、ではなく、これからお世話になる人、でしかなかった。

俺は、須田から受けた恩も、須田に対する親しみの感情さえも忘れていた。次から次へと、役の人格になりきろうとするあまり、本来の自分の人格を見失ってしまっていたのだろうか。興味の対象以外のものは、全て自分には無価値なものとして棄《す》ててしまっていたのだろうか。俺はバカだ。自分を見失った人間に、どんな個性があるというのか。

「どうしたの？」

日菜が言った。心配そうな顔をしていた。

「いや……」

俺は、役者を辞めてからも、若き町工場の経営者を演じていた。逮捕されたあとですら、冤罪と戦う被告人の役を演じていたような気がする。

だが、なんの役を演じることもなく、ただの受刑者として過ごした三年間で、俺は本来の人格を取り戻しつつあるのかも知れない。そんな気がした。

そして、須田が俺にならわかるはずだと信じたことを、おそらくは、俺だけにしか話していないであろうことを、なんとしてでも思い出さなければならない。そう強く思った。

マキノ正博監督と松田定次監督は、異母兄弟だ。ここで須田の顔が浮かんだ。ここになにかがあるはずだ。二人は、母親は違うが父親は同じだ。その父親とは――。

牧野省三《まきのしょうぞう》。

日本映画の基礎を築いた人物として、「日本映画の父」と呼ばれている。日本最初の職業映画監督であり、三百本以上もの時代劇映画を制作した大プロデューサーでもあったが、昭和四年に五十歳の若さでこの世を去っている。

「俺んちの、須田家の先祖代々の墓は牧野省三の墓と同じ寺にある。牧野省三はこの寺の境内に、映画の撮影所まで作ったんだぞ。俺も、死んだらそこの墓に入ることになるんだ」

笑顔の須田が言った。池袋の洋食屋の窓際の席だった。

「まぁ、これが俺の、たった一つの自慢かな……」

その声がはっきり聞こえたような気がした。俺は大きなため息をついた。そうか、そういうことだったのか。

「思い出したの？」

日菜が言った。

「ああ」

スマホを取り出し、グーグルのアプリに〈牧野省三　墓〉と入力した。そして俺と日菜は京都に向かった。

3

ＪR京都駅で新幹線を降りると、市営バスに四十分ほど揺られて等持院《とうじいん》南町で下車した。そこからはスマホのナビを頼りに歩く。京福《けいふく》電鉄の等持院駅の脇の踏切を渡り住宅街を歩いていくと、前方に山門が見えた。木の板に筆文字で〈萬年山　等持院〉と書かれている。

ネット情報によると、京都市北区にある等持院は室町時代に足利尊氏《あしかがたかうじ》が建立《こんりゅう》した、足利家の菩提寺《ぼだいじ》なのだそうだ。牧野省三は、この等持院の境内に、四つのステージとオープンステージ、現像室を備えた撮影所を建設し、七百本もの映画が制作されたが牧野省三の死後、昭和八年に競売にかけられ、現在は住宅地になっているという。

山門をくぐってアスファルトの道を進むと、今度はブロック塀に繋がる石柱の門があった。〈禅宗　等持院〉と書かれていた。その彼方《かなた》に小さく、横向きの人物の銅像が見える。

道なりに奥に進んでいくと、やがて銅像の正面に出た。見上げると、黄昏《たそがれ》どきの空をバックに羽織《はおり》、袴《はかま》姿の人物が、十メートルほどの高さから周囲を睥睨《へいげい》するかのように立っている。台座には〈マキノ省三先生像〉の文字が彫られていた。銅像の背後には広大な墓地が広がっている。

さらに道なりに進むと、やがてアスファルト舗装の参道は砂利敷になった。周囲の緑が増えてくる。前方に、新たな山門が見えた。

〈名勝庭園　史跡木像　等持院〉と白文字で書かれた札がかかる重厚な山門をくぐると、目の前に庫裏《くり》と思しき建物があった。開いたままの戸口から中に声をかけると、すぐに作務衣姿の若い坊さんがやってきた。

「こちらのお寺に、須田家のお墓があると伺って参ったんですが……」

俺は言った。

「ああ、はいはい、古くからの檀家《だんか》さまでございますが……」

坊さんが言った。俺は、ここまで来るあいだずっと考えていた言葉を口にした。

「つかぬことをお尋ねいたしますが、四年前に亡くなった、須田隆之《たかゆき》さんから、なにかこちらでお預かりいただいているようなものはございませんでしょうか？」

「須田、たかゆきさま……、少々お待ち願えますか？」

そう言って坊さんは奥に戻っていった。しばらく待っていると、袈裟《けさ》を纏《まと》った六十年輩の僧侶がやってきた。俺の前で足を止め、丁寧に頭を下げる。

「失礼ですが、お名前を聞かせてもろてもよろしおすか？」

「加納健太郎です」

「ああ、やっぱりそうどすか。……疑うわけやおまへんけど、なにか御本人やと確認できるようなもんは……」

俺は、財布から真新しい運転免許証を出して僧侶に見せた。手に取ってよく見て、

「はいたしかに、おおきに」

僧侶は俺に免許証を返すと後ろを向いて、ポン、ポン、と両手を叩いた。すぐに先ほどの若い坊さんが、グレーの旅行用スーツケースを重そうに提《さ》げてやってきた。

「ちょうど一億が収まりそうなサイズだね」

俺の耳元で日菜が囁《ささや》く。スーツケースが俺の目の前に置かれた。

「それでは、たしかにお渡しをいたしました」

僧侶が言った。

「須田くんからは一、二ヵ月預かってくれ、いうことでお預かりしましたんですけども、もう四年にもなりますんやなぁ……」

「ご迷惑をおかけして、申しわけありません」

俺は深々と頭を下げた。

「いえいえ、お預かりするときには大層なお布施《ふせ》を頂戴しておりますので……」

僧侶が合掌して頭を下げる。

俺は丁寧に礼を言ってスーツケースを手に取った。札束は一千万でほぼ一キロだと聞いたことがある。このスーツケースは十キロぐらいはありそうに思えた。

「意外とすんなり行ったね」

山門を出たところで日菜が言った。

「けど、鍵かかってるよね？」

俺は砂利の上にスーツケースを置いた。試してみたが、やはりロックされていた。

「たぶん、ダイヤルロックしかかかっていないはずだ」

俺は言った。このスーツケースのダイヤルロックは、一般的な三ケタだ。000から999まで、千通りを試していけばいいだけのことだった。

「二十分もかからずに開けられる」

「もしキーが必要だったら？　カギ屋に持ち込むと、中身見られちゃうかもだよ」

日菜が言った。カギ屋の従業員に大量の現金を見られてしまうと、不審に思われて通報される虞《おそ》れがある。

「そんときは壊す」

俺はスーツケースを手に歩き出した。スーツケースのロックを破壊するのは非常に困難だが、ボディ部分を刃物で切り裂くのは難しいことではない。

大きめの通りでタクシーを拾い、四条烏丸《しじょうからすま》に向かった。


新幹線での移動中に予約してあったロイネットホテルにチェックインした。喫煙のシングルが二部屋空いていなかったので、スタンダードツインに二人で泊まることになった。

ベッドにスーツケースを置いて、ダイヤルロックを合わせていく。三分もかからずにロックが解除された。やはりキーは必要なかった。スーツケースを開くと、中身はスーツケースいっぱいの風呂敷包みだった。結び目を解《ほど》くと札束が現れた。

「わお」

日菜が声を上げた。予想はしていたが、それでもやはり衝撃的な光景だった。

一千万ずつ太い帯で十字に封がされた塊が十個あった。その上に封筒が一つ載っている。須田の最初の手紙と同じ封筒だった。

日菜が、長いため息を漏らした。

「さすが一億、インパクトあるよね」

俺は封筒を手に取った。表にも裏にもなにも書かれていなかった。封を切って中身を取り出した。何枚もの便箋が折り畳まれている。俺はベッドに腰かけたまま、その手紙を読み始めた。

健太郎殿
このスーツケースにたどり着いてくれたことを嬉しく思っている。私がなぜこんなことをしたのか、少し長くなるが聞いてほしい。
親父さんがもう長くはないとなったとき、お袋さんが、健太郎に跡を継がせる、と言っているのを聞いて私は反対した。健太郎は、そんなことを望んじゃいない。私はそう言った。だがそのせいで、私が工場を我が物にしようとしている、と勘繰《かんぐ》られてしまった。もうかなり以前から、実質的には私が工場を切り盛りしてきた。そのことにお袋さんは不安を募《つの》らせていたのかも知れない。誰も私の意見を聞いてはくれなくなった。
親父さんが一代で築いた工場は、一代限りで潰してしまえばいい。私はそう思っていた。こんなちっぽけな工場は、無理に健太郎に継がせるほどのもんじゃない。そう思っていた。

お前が役者になったと知ったとき、親父さんは激怒していたが私は嬉しかった。私の仲間が、私の教え子が、映画の世界に進んでくれた。そう思った。

だがそれは間違いだった。加納健太郎は、私の知ってる健太郎ではなかった。

スクリーンの中の加納健太郎は、全くの別人だった。その役そのものだった。加納健太郎は凄い役者だ。

お前の演技には、その役の人生が見える。私が与えた影響なんか、そよ風のようなものだ。この男は、進むべくしてこの道に進んだ人間だ。そう確信した。

私は加納健太郎が出演している映画は全部観た。Ｖシネマも全部観た。ＴＶドラマも舞台も、知り得る限り観た。大河原俊道監督作は特に凄かった。加納健太郎の凄さをわかっている監督がいる。そのことがとてつもなく嬉しかった。

いまは売れない役者かも知れないが、そのうちに世間が加納健太郎の凄さに気づくときが必ず来る。

ヘタに若いうちに成功するよりも、中年を過ぎてから花開いたほうがいい。そして歴史に残る俳優になってほしい。そう思っていた。

なのに、お前は役者を辞めて帰ってきた。町工場の経営者として。信じられなかった。なんてもったいないことをするんだ。私は、お前に裏切られたような気がした。

お前はやる気に満ちた経営者のように振る舞っていたが、それがウソなことぐらい私にはわかっていた。お前はいつも遠くを見ていた。ここではない、どこかを。

お前を、こんな町工場に閉じ込めてちゃいけない。こうなったら、力ずくでも役者に戻してやる。これは私の使命だ。強くそう感じた。工場がなくなればお前は役者に戻るしかない。だから私が工場を潰すことにした。口座がカラになって倒産しても、工場の土地を売れば、負債を全て清算しておつりがくることは財務全般を見てきた私にはわかっていた。だからそうした。

端数の分は退職金代わりにもらっておくが、この一億はお前のものだ。だが、このことは絶対に誰にも言うな。そうでないと目端《めはし》の利《き》く弟にいいようにされるぞ。お袋さんが、お前よりも祐太郎のほうを可愛がっていることも私は知ってる。お前は芝居以外には興味がなくて、金銭にも欲がないのだろうが、このカネがあれば生活を心配しないで役者の道に邁進《まいしん》できるはずだ。

私のことは気にするな。私は心臓に病《やまい》を抱えている。どうせ長くは生きられない。

刑務所に行くことも恐れてはいない。私は自分の使命だと感じたことを果たしただけだ。加納健太郎が役者として輝いていてくれれば、なにも思い残すことはない。

いまは私の勝手な思い込みだと思われるかも知れないが、いつかきっと、私のしたことを理解してくれる日が来ると信じている。どうか加納健太郎が天から与えられた才能を、無駄にすることだけはしないでくれ。それが私のただ一つの願いだ。

須田隆之

追伸
いつの日か、私のしたことを喜んでくれる日が来たら、私の墓に一輪の花を供えてほしい。

涙の雫《しずく》が便箋に落ちて万年筆のインクが滲《にじ》んだ。俺は慌てて手紙を日菜に渡した。

俺は、なんて愚かな人間なのか。その事実に打ちのめされていた。

須田は、俺のためにやってくれていた。俺のために悪役を買って出てくれていた。あの事件のとき、俺はなにも間違ったことはしてない、そう思っていた。いままでずっとそう思ってきた。信じていた人に裏切られた、そう思い込んでいた。

それらは全て間違っていた。信じていなかったのは俺のほうだった。

俺が、中学のころの須田との関係を覚えていれば、須田がどんな人なのかを忘れていなければ、あの事件が起きたときにも、須田さんはそんなことをする人じゃない、そう思ったはずだ。もしも須田のおいちゃんが横領をしたんだとすれば、それは余程の事情があったに違いない、そう思ったはずだった。

偶然須田を発見したときだって、もっと違う対応ができていただろう。心臓が悪い須田が無理して走って逃げなくてもいいような対応の仕方もあったに違いない。

そして須田が、胸が苦しいと言ったときには、須田の体を気遣うことができたはずだった。

俺が須田を殺した。それを痛感した。俺は刑務所に行って当然の人間だった。

須田は俺なんかのことを本気で応援してくれていた。俺以上に、俺のことを信じてくれていた。

そんな人がそばにいてくれたのに、俺はそれに気づこうともしていなかった。

日菜が鼻をすする音が聞こえた。見ると日菜も泣いていた。

「カノケンは、なんでこんなに愛されてるの？」

涙声で日菜が言った。俺にもわからなかった。

翌日、俺と日菜はもう一度等持院に行った。
須田の眠る墓を掃除し、雑草を抜き、柴《しば》を飾って、お線香を上げて手を合わせた。
ひたすら謝罪し、ひたすら感謝した。なかなか起ち上がる気にはなれなかった。
一輪の花は供えなかった。改めて出直してきます。そう須田に約束した。

4

「このおカネがあれば、堂々と沙羅さんとつき合えるんじゃない？」

日菜が言った。高円寺の日菜の部屋だった。古河まで一億円が入った重たいスーツケースを運んでいく理由がなかったので、ここに置いておくために立ち寄っていた。

「どうかな」

俺は言った。まだ、なにも考えられなかった。

汚れた下着や靴下を洗濯機に放り込み、預けたままにしているスーツやシャツを、近所のクリーニング屋に受け取りに行った。戻ってくると、この部屋に干してあった俺の下着や靴下は日菜が畳んでくれていた。それをボストンバッグに入れ、シャツとスーツを着替えると日菜に訊いた。

「キミはどうする？」

「当然、最後までつき合うよ」

日菜が笑った。

初めて電車で古河に向かった。中央線で新宿に出て湘南新宿ラインに乗り換える。一時間半ほどで到着した。すでに日が暮れかけていた。

今度もルートインに部屋を取っていた。喫煙のシングルが二部屋取れていた。日菜の車は古河駅に隣接する駐車場に駐めてあったので、車でルートインに移動した。

部屋に荷物を置くと、樫原老人に電話をした。けさ樫原が退院したことは、沙羅がメッセージで知らせてきていた。樫原はすぐに電話に出た。

「いま、どこにいる？」

「さきほど古河に戻ってきました。ご退院おめでとうございます」

「ああ、……いまから来られるか？」

「行きます。なにか必要なものがあれば買っていきますけど……」

「大丈夫だ。鍵は開いてるから、勝手に入ってこい」

「了解しました」

「ちょっと内密な話がある。一人で来てくれ」

「え？」

電話が切れた。俺は日菜に電話して、櫃原の言葉を伝えた。

「そういうことなんで、これから一人で行ってみる」

「わかった。わたし沙羅さんとこでお茶してるから、終わったら電話ちょうだい」

「ああ、そうする」

電話を切って部屋を出た。


「調子はどうです？」

俺は言った。櫃原は洋室のベッドに寝ていた。

「鎮痛剤が効いていて痛みはないが、二度と起ち上がれるような気がしない」

自嘲の笑みで櫃原が言った。

「医者はなんと言ってるんですか？」

「なんとも言えない。そう言ってる。もう年だし元々腰は良くなかったからな……」

「そう悲観することもないんじゃないですか？　現代の医学は進んでるから」

俺は近くの椅子を引き寄せて腰を下ろすと、わざと軽い調子で訊いた。

「ところで、内密な話ってなんです？」

「誰にもしゃべらないと約束できるか？」

櫃原の口元の笑みが消えた。

「ええ、約束します」

「俺は、……そろそろこの世からおさらばしようと思ってる」

櫃原は天井を見つめたままで言った。俺はため息をついた。やはり、そういうことか……。

「なんとなく、そんな気がしてました。あなたは死に急いでるんじゃないか、って」

「去年の春に癌《がん》が見つかった。ステージ4《フォー》だ。余命一年、と宣告された。そろそろ、その一年も過ぎようとしている」

「…………」

「みどりに、沙羅の母親に看取《みと》られて死ぬのも悪くない。そう思った。だが、あいつのほうが先に逝《い》ってしまった。急に、なんの前触れもなく……」

櫃原は辛《つら》そうだった。仲宗根みどりさんのことを、本当に愛していたんだな。そう思った。

「そのときに俺も死んでおくべきだったのかも知れん。だが、ずっと地元に愛されてきたみどりの葬式は立派に出してやりたかった。……そして沙羅がやってきた。沙羅は俺に優しく接してくれた。まるで本当の父親のように……」

「死なくてよかったじゃないですか」

「だが、この先俺の状態はどんどん酷《ひど》くなっていくんだ。激しい苦痛に苛《さいな》まれるのは目に見えている。これ以上、沙羅に迷惑をかけたくない」

「迷惑なんですかね？」

「迷惑以外になにがある？」

「仮に迷惑だとしても、死ぬときくらい迷惑かけたっていいじゃないですか」

「迷惑をかける相手による」

「あのですね、日本では親が子に、どうか人様に迷惑だけはかけないように、なんてよく言いますけど、どこの国か忘れましたけど、どっかの国では、どうせ人間は人に迷惑をかける生き物なんだから、他人の迷惑に寛容《かんよう》でありなさい。そう子供に教えるそうですよ」

「ほう、よくそんなこと知ってるな」

「刑務所で読んだ、仏教関係の本に書いてありました」

本当は仏教をわかりやすく解説した漫画だったのだが、あえてそれは言わないことにした。

「残念ながら、俺はそういう教育は受けてないんだ」

「…………」

　樫原の決意は堅そうだった。

「それに、俺には死ななければならない理由がある」

「え？　……どういうことです？」

「前田慎也という男がいた」

「え？　ええ……」

「俺が殺した」

　俺は息を飲んだ。なにも言葉が出てこなかった。樫原は、落ち着いた口調のままで続けた。

「酒の瓶で殴って、車で雑木林に運んで棄てた」

「…………」

「だがな、いまさらこの体で刑務所に行くつもりもないんだ」

「なぜ殺す必要が？」

　俺はようやく言葉を口にした。

「あの男は、この家の浴室と脱衣所に隠しカメラを仕掛けていた」

「え!?」

「沙羅の裸を盗撮していたんだ」

「……なぜ、犯人が前田慎也だとわかったんです？」

「あのな、盗撮犯がカメラを仕掛けて録画スイッチを押してその場を離れる。最初に録画されているのは犯人の顔なんだ」

たしかに。疑問の余地のない答だった。

「あいつは、俺と将棋を指しによく来ていた。俺はそれをありがたいと思っていた。俺が長考に入ると、あいつはよくトイレに行ってなかなか戻ってこなかった。俺は別に気にしなかった。腹が弱いのか、ぐらいに思っていた。だがこういうことだった」

「ですね……」

「ある日、俺は浴室の換気扇のカバーの奥に小さな赤い光を見つけた。一九二センチの身長の俺だから気づいたが、沙羅には気づきようがない」

なるほど、一七〇センチほどの前田慎也も、一九〇を越えるような身長の人間には気づかれてしまうことに考えが至らなかったのだろう。

「カバーを外して取り出したら、マッチ箱ほどのサイズのムービーカメラだった」

俺がまだ役者だったころにも、映画の現場でマルチカメラによる撮影のシーンでは信じられないほどの小さなカメラが使われていることがあった。

掌《てのひら》に五、六個は載せられそうなちっぽけなサイズのカメラでも、大容量のデータカードを入れれば劇場のスクリーンにも耐えられる２Ｋの画質の映像が、百時間以上記録できる。

「脱衣所には、壁の天井に近い隅に電気関係のボックスのようなものが両面テープで取りつけてあった。中にはカメラが入っていて、蓋には小さな穴が開けられていた」

素人が、つい出来心でやった盗撮じゃないな。そう思った。

「俺は前田慎也をネットで調べた。あいつは、勤めていた中学校での同様の盗撮と、女子生徒への性的いたずらで逮捕されて、執行猶予中だったことがわかった」

そんなクソ野郎だったのか！　俺は前田慎也に酒を奢ったことを後悔した。

「沙羅のそばにこんな奴を残したまま、俺が死ぬわけにはいかない」

「警察に届けようとは思わなかったんですか？」

「考えた。だが、それであいつの執行猶予が取り消されて刑務所に行ったとしても、さらに今回の件が加わったとしても、あいつは数年後には出てくる。そのときに俺はいない。あいつがこのことを恨みに思って、沙羅になにをするかわからん」

たしかに、いままで俺が報道で見たストーカーや性犯罪者の事件を考えると、橿原の懸念を否定することはできなかった。

俺がもう少し早く橿原と出会っていれば、俺がもっと沙羅にふさわしい人間であれば、なにか違うやり方ができたんじゃないか、そう思った。

「まぁ俺は腹を立てていたんだろうな。いい奴だと思っていた男に裏切られた。そう感じた。俺が被害に遭ったのなら我慢もできる。だが沙羅を狙ったあいつを許すことはできなかった」

「…………」

「俺は前田慎也を電話で呼び出した。荷物を運ぶのを手伝ってほしい。そう言った。このマンションの地下駐車場に俺の車が駐めてある。そこに呼んだ。助手席に乗ったあいつの頭を何度も殴りつけた。大して血は流れなかった。そのまま雑木林まで車で行って蹴り落とした」

おそらく、この痩《や》せ細った老人に、そんなことができるとは誰も思わないだろう。

「きのう、入院している俺のところに刑事がやってきたよ。お前のことをいろいろと訊かれた」

ソン・ガンホたちだな。そう思った。

「前田慎也の事件も、連中はお前を疑ってるらしいな」

橿原が苦笑いを浮かべた。俺は苦笑いを返した。

「そのようですね」

「だが、お前が犯人じゃないとわかれば、次に疑われるのは俺だ。なにせ、前田慎也の携帯電話に残された最後の着信は、俺からの電話だからな」

「でも、それだけで犯人と決めつけはしないでしょう」

「俺が警察に、前田慎也を殺したか？　と訊かれて、罪を逃れるためにウソをつくと思うか？」

そうは思えなかった。この人がそういう人でないことはわかっていた。

「それに俺は、前田慎也が殺されなければならないほどの罪を犯したとまでは思っていない。なのに殺した。だから俺は、死をもってその罪を償《つぐな》う」

「でも、あなたが自殺すると、沙羅さんが悲しみますよ」

「沙羅は、俺が病気で死んでも悲しんでくれるよ」

「そりゃそうですけど……」

「もし俺が逮捕されれば、沙羅は殺人犯の同居人としてマスコミに追い回されることになる。そのうちに、女優の娘だ、とか、人気俳優の元嫁だ、ということが発覚してスキャンダルに塗《まみ》れる。そうなったほうがいいと言うのか？」

「……………」

「だが、いまのうちに俺が死んでおけば事件は未解決のままで終わる。違うかな？」

その通りだと思った。もう俺には説得する材料が残っていなかった。

「俺には死ぬまでにやっておかなければならないことが二つあった。一つは前田慎也の件で、もう一つは——」

「こないだの、少年たちの件ですね？」

「ああ、お前のお蔭でそっちも片づいた。もう思い残すことはない」

「で、きょう俺を呼んだ理由は？　話を聞いてほしかったわけでもないでしょう？」

「お前に頼みがある」

「なんです？」

「俺は、この部屋で死ぬつもりはないんだ。このマンションは、すでに沙羅の名義になっている。自殺者が出ると売れなくなる。沙羅の今後の生活の足を引っ張ることになってしまう」

「なるほど」

「だが俺はこのザマだ。独りで小便にも行けやしない」

「だから俺があなたを自殺する場所まで運ぶ。そういうことですか？」

「ああ、連れて行ってくれるだけでいい。あとは自分でやる」

「ということは、俺が手伝わないとあなたは自殺できない。そういうことですね？」

「あ？」

橿原が、裏切られた、というような眼で俺を見た。

「……お前なら、わかってくれると思っていた」

「俺はもっとあなたの話を聞きたいし、未発表の脚本も見せてもらってないですよ」

「願いをきいてくれるのなら、未発表のホンはお前にやる。お前の名前で発表しても構わんし、俺の名が必要なら、お前の弟に頼んで全ての権利が相続できるよう正式な遺言書を作ってやる」

「いや、あなたの作品は、沙羅さんが受け継ぐべきです。日藝でシナリオを専攻した彼女なら、あなたの脚本の価値を一番わかっているはずですから」

「じゃあ、俺の頼みを断ると言うんだな？」

橿原の眼は険しかった。

「あなたほどの人物に見込まれて、力を貸すのに見返りなんか要りません」

「！」

橿原が眼を見開き、俺を見つめた。やがてその口元に笑みが浮かぶ。それは初めて見る晴れやかな笑顔だった。

「お前は、いい男だな」

橿原が言った。

俺は喜べなかった。俺はただ、悲しんでいた。


日菜に電話をして、ホテルの俺の部屋で落ち合った。

橿原との遣り取りを全て話した。橿原に、誰にもしゃべらないと約束はした。だが日菜には話しておくべきだ。そう思った。

「莞爾さんの気持ちはわかるし、カノケンの気持ちもわかるよ」

日菜が言った。

「だけど動けない莞爾さんが部屋からいなくなって、どこかで死体で発見されたら、それは何者かが運んだんだってことは誰にでもわかることだよ」

「ああ」

「そして沙羅さんは、それがカノケンだって思うのは間違いないよ」

「ああ」

「それでいいの？」

「どうかな」

「沙羅さんは、莞爾さんに、一日でも長く生きてほしいと思ってる。たとえどんなに酷い状態になろうと、どんなに迷惑をかけられようと。……いまはわたしにもそれはわかってる」

「ああ」

「沙羅さんは、莞爾さんの自殺に手を貸した人間を許せると思う？」

「いや」

「莞爾さんの頼みをきくってことは、沙羅さんを永久に失うってことかも知れないんだよ？」

日菜はなぜだか怒っているように見えた。

「カノケンには、その覚悟があるの？」

「…………」

そんな覚悟はなかった。だが、いまさら橿原を裏切れるはずもなかった。

5

翌日、日菜は一人で東京に帰っていった。俺は母親とはぐれた子供のような気持ちになった。

橿原の遺体が発見されたのは、その日の夜遅くなってからだった。沙羅から連絡を受けて、俺は彼女とともに橿原が搬送された病院に向かった。遺体は霊安室に安置されていて、沙羅は身元の確認のために、警察官に促《うなが》されて霊安室に入っていった。俺は廊下のベンチに座って待っていた。そこに、ソン・ガンホに似たデカがやってきた。俺の隣に腰を下ろして、

「あんたの周りじゃ、しょっちゅう人が死ぬんだな」

「ああ、だからあんたも俺に近づかないほうがいい」

俺は言った。ガンホは、フン、と鼻を鳴らした。

「前田慎也の件と同一犯による連続殺人の可能性を考えて出張《でば》ってきてみたが、事件性はないという判断が出た。遺書が見つかってるんだそうだ」

「…………」

「自分の車の助手席に座って、折り畳みのナイフで頸動脈を深く切ってる。ほぼ即死だ。車ン中は飛び散った血で酷《ひで》えことになってたらしい」

「…………」

「運転席には、誰が座ってたんだろうな？」

ガンホが俺の眼を覗き込む。

「腰を怪我して退院したばかりの爺さんが自分で運転してったとも思えねえし、もしそうだったとしても、わざわざ助手席に移るかね？」

「…………」

「自殺幇助《ほうじょ》ってのは、立派な犯罪だぜ」

「…………」

「ま、これは俺の事件じゃないんで、知ったこっちゃねえけどな」

霊安室の扉が開いた。警察官に肩を支えられて沙羅が出てくる。沙羅はハンカチで眼を覆っていた。微かな嗚咽《おえつ》が聞こえた。

ガンホが起ち上がり、そのまま歩き去っていった。俺は足元がふらつく沙羅の腕を支えてベンチに座らせた。

沙羅は上体を屈《かが》め声を殺して泣き続けていた。背中が波打っている。俺はその隣でただ黙って座っていた。

しばらく経ってから、沙羅が握りしめたハンカチを膝に下ろした。もう涙は流れていないように見えた。鼻が少し赤くなっている。すでに警察官もいなくなっていた。

「父は……」

ハンカチを見つめたままで沙羅が言った。そのまま、また少し時が流れた。

「わたしの、本当の父なんです」

「え？」

「生前、母から聞かされていました。でも、父はそれを、わたしに知られたくないと思っていて、母に、絶対に言うな、と言っていたんです。だから、あなたは知らないふりをしてあげて、と」

どういうことだ？　沙羅は大河原俊道の娘ではないと言うのか？　そう思った途端に、沙羅の言っていることが正しい、ということに気づいた。

沙羅は仲宗根みどりとよく似ているが、母親よりもさらに美しかった。大河原の血が混じってそうなるとは思えない。大河原は醜男《ぶおとこ》ではないが、美しさとは縁遠い顔をしていた。

一方櫑原は、あきらかに白人の、スラヴ系だと思われる血が混じっている顔立ちをしていた。沙羅の背の高さから見ても、櫑原の娘であることを疑う理由はなかった。

「母は、すでに奥さんがいた父と、不倫の関係になったんです」

仲宗根みどりは同時期に櫑原と大河原の両方とつき合っていたのだろうか。そして櫑原の子を身籠《みごも》ったために大河原の前から姿を消したのか。あるいは、どちらの子かわからないので両方の前から消えたのか。

「母が妊娠したことを知って、父は奥さんと別れて母と生きる決断をしたんです」

仲宗根みどりは、櫑原の前から消えたわけではなかった。

「でも父がそれを切り出す前に、奥さんが交通事故に遭われて、両眼とも失明されてしまったそうで……」

「えっ⁉」

「父は、そんな奥さんを見捨てることはできない、と……」

「……………」

櫑原なら、そういう判断をするだろう。そう思った。

「母は黙って身を引いたそうです。それで親戚の伝手《つて》でここに、茨城に来たんです」

沙羅が俺のほうを向いた。俺は黙って頷いた。

「父は、それから二十数年奥さんのお世話をして、奥さんがご病気で亡くなられて、さらに一年経って喪《も》が明けてから、母を捜しました」

「………」

「そして三年前、ようやく父は全てを処分して、鞄《カバン》一つで母を訪ねて来たそうです」

まるで、クリント・イーストウッド監督・主演の映画を見る思いだった。俺は感動していた。泣きそうになっていた。

「母は余程嬉しかったんでしょう。わたしにそれを伝えずにいられなかったんです」

沙羅の口元に微かな笑みが浮かんだ。沙羅の眼も潤《うる》んでいた。

「でも父は、捨てた娘に、一片の愛情も注がないままで大人になった娘に、いまさら父親面《づら》はできない、老後の面倒など見させるわけにはいかないから、と……」

橿原とはそういう人だ。そして我が子を、娘の沙羅を愛していた。だから橿原には自ら命を絶つ以外に方法がなかったのだろう。「死ぬときくらい迷惑かけたっていいじゃないですか」と俺が言ったときに、「迷惑をかける相手による」と橿原が言った意味がようやくわかった。

「それを聞いてわたしは複雑な心境で……。だから父に会おうとはしませんでした」

「………」

「でも母が急に倒れて、初めて父に会ったとき、生まれてからずっと父親を知らずにいたわたしが、あ、この人がお父さんんだ、って、心からそう感じたんです」

沙羅の涙が溢《あふ》れ、頬を伝って顎の先から落ちた。

「父は尊敬すべき人であり尊敬すべき脚本家でした。だからわたしは弟子になろう、そう思いました。娘としてそばにいられないなら、せめて弟子としてなら、身の回りの世話をすることが許されるだろう、と……」

沙羅は、この人は、凄い人だ。さすがは橿原の娘だ。そう思った。

「そしていつか、父の死が近づいたときには、わたしが父の、実の娘だと知っていることを打ち明けて、たとえほんのひと時だけでも、親子としての時間を過ごしたい。そう願っていたんです」

その願いを、沙羅のささやかな夢を橿原の死が奪った。俺が手伝わなければ不可能だった自殺のせいで。

自分がやったことの結果の重大さに、指先が震えているのがわかった。

「父は、熱心に脚本作りについて教えてくれました。一日に僅かな時間ずつですが、わたしは大学の四年間で学んだことより、より多くの、より意味のあることを、この半年で学びました」

沙羅は父親との日々を懐かしむような顔をしていた。だが、ふいにその表情が昏《くら》くなる。

「でも父は、わたしが世話を焼こうとするといつも拒《こば》んでいました。その度にわたしは、弟子の務めですから、と言い続けました。そんなわたしの想いが父を追い詰めていったんだと思います……」

「自分を責める必要はない」

俺は言った。櫃原の死の理由を伝えられないのがもどかしかった。だがそれは櫃原との約束だった。真実を知れば、沙羅はより自分を責めるかも知れなかった。

「あなたとの関係だけで死を選ぶような人じゃない」

「…………」

沙羅の眼が俺を見つめた。沙羅は、櫃原の自殺に手を貸したのが俺だということはわかっているはずだ。だがなにも言わなかった。櫃原の死の理由を俺に問い質《ただ》そうとはしなかった。俺を責めようともしなかった。ただ、俺がなにか言い出すのを待っているようだった。俺はなにも言わなかった。

「わたし……」

沙羅がまた、視線を遠くにやって話し始めた。

「父の葬儀を終えたら、母の故郷である沖縄に住んでみようと思っています。初めての土地で、もう一度真剣にシナリオと向き合ってみようと思うんです」

「そうか……」

止《と》めろ！　止めるんだッ！　頭の中の俺が必死に叫んでいた。だが俺は下を向いたまま座っていた。俺には、彼女を止める資格なんてなかった。

靴音が聞こえた。見ると、廊下の先から二人のスーツ姿の男が近づいてきていた。

二人は、俺たちのベンチまでやってくると、スーツのポケットから出した警察バッジを見せた。

「村上沙羅さんですね？」

右側の男が言った。沙羅が起ち上がる。

「はい」

「古河警察署の長田《ながた》と言います」

「西村《にしむら》です」

二人は警察バッジを仕舞うと俺を見下ろした。

「あなたは？」

長田と名乗ったほうが言った。

「村上沙羅さんの友人です。檀原莞爾氏の友人でもあります」

俺は座ったまま答えた。二人のデカは、訝《いぶか》しげな眼をしながらも沙羅に向き直る。

「檀原莞爾さんについて、詳しくお話を伺《うかが》いたいんですが……」

西村と名乗ったほうが言った。

「お手間を取らせて申しわけないんですが、これから、古河警察署のほうまでお越し願えませんか？　遺留品や、遺書のご確認もお願いしなければなりませんので……」

「わかりました」

沙羅が言った。

「じゃあ、俺はこれで……」

俺は起ち上がると、沙羅に頭を下げた。心の中で詫《わ》びていた。檀原の遺書が、天才と呼ばれた脚本家の書いた手紙が、愛する娘の心を少しでも癒《い》やしてくれることを心から願った。

「加納さん」

沙羅が言った。俺は眼を上げた。

「沖縄に、住んでみる気はありませんか？」

沙羅は、俺の眼を見つめて言った。俺は眼を逸《そ》らして、

「いや……」

それ以上は言わなかった。俺は結局、彼女のためになにもしてやれなかった。それどころか、彼女の最も望まないことに手を貸した。

その負い目を隠したまま、彼女に寄り添うことは俺にはできそうもない。

「ですよね」

沙羅は寂しげな笑みを浮かべた。

「じゃあ、お元気で」

「ああ、さよなら」

俺は、彼女に背を向けて歩き出した。振り返らなかった。それにはかなりの努力を要した。

6

早朝にルートインをチェックアウトして、湘南新宿ラインで東京に戻った。電車の中で少し眠った。昨夜は一睡もできなかったからだ。

新宿駅を出て歌舞伎町に向かう。ゴジラタワーの向かい側にある、二十四時間営業のかぶきちで日田《ひた》系の焼きそばを喰い、煙草を吸った。そして、三日月座が開く時間に合わせて丸ノ内線に乗り、東高円寺に向かった。

「髭が伸びたな。薄汚ねえぞ」

大河原が言った。いつもの店の一番奥のお気に入りの席だった。俺は大河原の正面に座り、お冷やとおしぼりを運んできたバイトの兄ちゃんにブレンドを注文した。

「調査はもう終了か？」

大河原は昼前からビールを飲んでいた。

「ええ」

俺は煙草に火をつけると言った。

「残念なお知らせがあります」

「ほう」

「村上沙羅は、あなたの娘さんじゃありません」

大河原は柔らかな笑みを浮かべた。

「知ってるよ。橿原の娘だろ？」

「やっぱり、知ってたんですね……」

確信はなかったが、薄々そうではないかと感じていた。

「じゃあ、仲宗根みどりとつき合ってたというのもウソなんですね？」

「ああ、自慢じゃないが俺は、風俗以外で嫁を裏切ったことはないんだ」

大河原は楽しそうだった。

「なんで、俺を騙したんです？」

怒りはなかった。だが、意味がわからない。

「フッ、……まぁその前に、この一週間でなにがあったか言ってみろ」

俺は全てを話した。話し終えるまでに一時間以上かかった。日菜の多大なる協力があったことも、四年前の事件で消えた一億円を手に入れたことも、隠さずに話した。

大河原は途中でビールをお替わりし、煙草を吸いながら興味深げに聞いていた。

「そうか、橿原は死んだか……」

大河原が、深いため息とともに言った。

「橿原さんとは、お知り合いだったんですか？」

「同世代の同業者だ。いろんなところで顔を合わせたよ。あいつがプロデューサーと揉めて投げ出したホンを、俺が仕上げたこともある」

「そうだったんですか……」

「あいつは、俺のことなんかなんとも思っちゃいないだろうが、俺はあいつをかなり意識してた。俺が監督業に手を出したのも、脚本だけではあの男に敵《かな》わないと思っていたからかも知れん」

「………」

「橿原が、仲宗根みどりと不倫してる、ってのも、噂で聞いて知っていた。あいつはハンサムだったし背も高かったからな、そこらの俳優よりも女優にモテてた。なにかも気に喰わない野郎だったよ」

「じゃあ、なんで俺を騙して、百万ものカネを出してまで、こんなことをやらせたんですか？」

俺は言った。

「いったいこのことに、なんの意味があるって言うんです？」

「村上沙羅は、いい女だったろ？」

大河原は悠然と煙草の煙を吐き出した。

「ええ……」

「寝たか？」

「いえ」

「もったいない。なんで寝ないんだ？」

「だから、目的はなんなんですか？」

「俺は、お前を村上沙羅に会わせたかったんだ」

「は？」

「二年くらい前かな、村上沙羅が俺のシナリオ講座に、生徒として通ってきていた」

「え？」

沙羅は、きっとアパレルの広報をしていたときも、結婚していたときも、Ｇｒａｍピクチャーズで働いていたときも、ずっとシナリオへの情熱を持ち続けていたに違いない。そう思った。

「俺はあの子をひと目見て、仲宗根みどりの娘だとわかった。そして、橿原の子だということも」

「…………」

「俺は講座のあとで村上沙羅をお茶に誘った。いい女だったからだし、興味があったからだ。彼女は俺が監督した映画をすごく褒《ほ》めてくれた。そして、加納健太郎さんの大ファンです、と言ったんだ。眼を輝かせてな」

「…………」

「俺は、どうせならお前に、こんな嫁が来てくれたらいい、そう思った」

「は？」

「俺は、二十年近くお前を見てきた。お前は頭がおかしい。芝居に入れ込み過ぎて、プライベートの幸せなんて全く求めていなかった」

「そんなことありませんよ。ちゃんと彼女だっていたし……」

「いや、お前はいつも女とつき合ってはいたが、はっきり言ってどれもパッとしない女ばかりだった。お前が惚れてつき合ってるんなら別に構いやしない。俺がとやかく言うことじゃない。だが、お前は違った」

「…………」

「お前は寄ってくる女を捕まえて、相手が望む恋人像を演じていただけだ。喰わせてもらうためにな……」

「…………」

その通りだった。そのころはなにも意識してはいなかったが、いまはわかる。

「お前のほうから女を捨てたことは一度もないだろ？　女が去っていくのは、お前が役者として売れないからじゃない。お前に愛されていないことに気づいたからだ」

「…………」

俺はクズだった。自覚がない分、余計に始末が悪いクズだった。

「俺は村上沙羅を見たとき、これほどの女ならばお前も本気で惚れるんじゃないか、そう思った。だから二人を出会わせてみようと考えたんだ」

「そのために、こんな回りくどいことを？」

「普通に引き合わせても、お前が乗ってくるとは思えん。お前は面倒くさい奴だからな。だからお前に村上沙羅を調べさせることにした。絶えず、彼女のことを考えざるを得ないように仕向けた。そうすればきっとお前は、村上沙羅を愛してしまう男の役を見つけて、その役を演じ始めるに違いないからだ」

「…………」

さすがは大河原俊道だ。俺はお釈迦さまの掌《てのひら》で転がされているような気がした。

「村上沙羅に惚れたか？」

「……わかりません」

「辛かったか？」

「はい」

「この一週間は、無駄じゃなかったろ？」

「はい。貴重な経験をさせていただきました」

「フッ、お前もだいぶまともな人間に近づいてきたな」

「俺のためだけに、いろいろ考えて、百万ものカネを出してくれたんですね……」

「だから出所祝いだって言ったじゃねえか」

大河原は楽しそうに笑った。ふいに、俺の眼から涙が溢《あふ》れた。煙草を持った指に雫《しずく》が落ちた。なんの涙かわからなかった。

この人に愛されている。そう思った。俺はいままでずっと、そのことに気づいてもいなかった。

涙は次から次に流れて落ちた。袖で拭《ぬぐ》ってもすぐに溢れてきた。俺は泣きながら、ここ数日泣くことが多いな、そう思った。

いつのまにか涙もろくなっていたのだろうか。そして気づいた。俺は役者になって以来、芝居以外では泣いていなかったことに。

「……で、このおカネどうすんの？」

日菜が言った。

日菜の部屋だった。目の前には一億円が詰まったスーツケースがある。

「このカネが手に入ったのもキミのお陰だ」

俺は言った。

「分け前を渡さないとな……」

「いらないよ。これはカノケンのものだから。古河や京都に行ってるあいだの費用も全部出してもらってるしね」

日菜は缶ビールをグイッと呷《あお》った。

「それにしても、一億のキャッシュを眺《なが》めながらの酒は旨いね」

日菜が笑った。俺も少し笑って缶ビールを飲んだ。

「カノケンこれからどうすんの？」

「………」

俺は言おうか言うまいか迷ったが、日菜には言っておくことにした。

「もう一度、役者をやってみようかと思ってる」

「おお」

「どれだけできるかわからないが、前とは違う芝居ができそうな気がするんだ」

「フリーで？」

「ま、そういうことになるな」

「けど、フリーでやるより事務所に入ってたほうがなにかと都合がいいよね？」

「どこの事務所も相手にしちゃくれないよ」

「じゃあ、わたしが芸能プロダクションを起ち上げる、ってのは？」

「え？」

「わたしは素人だけど、キャバんときのお客さんでそっち方面の人を何人か知ってるから手伝わせるし……」

「…………」

「わたし度胸があって押しが強いし、愛嬌あるからなんとかなると思うよ」

たしかに、日菜ならなんとかしそうな気がした。

「なんならどっかの事務所にしばらく勤めて、ノウハウ盗んできてもいいし」

「本気か？」

「もちろん。無駄な経費は遣いたくないから、とりあえずオフィスはここってことにして、会社の登記関係は祐太郎にタダでやらせればいいし、専用の固定電話を引いて名刺作れば、すぐにでも始められるっしょ」

日菜はそのアイディアを面白がっていた。

「そうだ。カノケンのプロフィール作んないとね。そしたらわたしそれ持って、バカのふりしてどこにでも売り込みにいくよ」

頼もしい。俺は日菜の自信に満ちた姿に感動すら覚えていた。

「まあ、とりあえずわたしの貯金で始めるけど、必要に応じてその一億から補塡《ほてん》してもらうってことでどう？」

「キミさえ良ければ、俺は異存ないけど……」

「よっしゃ決まり。カンパーイ！」

日菜が缶ビールをぶつけてくる。俺は慌てて缶を合わせた。二人で、グビグビ音を鳴らしてビールを飲んだ。

本当にそれでいいのか？　そうは思ったものの、日菜の勢いに逆らおうとは思わなかった。そのとき俺のスマホが鳴り出した。

髭モジャの助監督の坂元からだった。

「はい」

「あ、加納さん、先日はありがとうございました」

「いやいや、どうした？」

「東撮の福岡さんから伝言頼まれまして……」

「ん？」

「テレ朝の連ドラの犯人役なんですけど、興味があるんならオーディションに来ないか、って……」

「え？」

「詳しいことは直接福岡さんに訊いて下さい」

「ああ、連絡してみるよ。ありがとう」

電話を切ると、日菜がジッとこっちを見ていた。

「なに？」

「ドラマの犯人役のオーディションに誘われた」

「ほう」

日菜がくわえ煙草でニヤリと笑った。

「幸先のいい船出だねえ」

そしてケラケラと笑い出した。

俺はそれを、いつまでも眺めていたい、そう思った。

解説――映画への愛

山根貞男（映画評論家）

　加納健太郎が三年の刑を終えて出所したとたん、かつて世話になった映画監督から人捜しの仕事を頼まれる。

　これが本書『飛べないカラス』の出だしで、加納健太郎が元は俳優だったと読者にわかる。しかも捜す相手は依頼人の隠し子であり、いまは亡き元女優の娘だという。この小説が映画と密接な関係にあることはもはや疑えない。おまけに依頼人は言う。

「娘が、幸せかどうかを見てきてほしい」

と。単なる人捜しとは違うわけで、どういうことかと首を傾げざるをえないではないか。

　木内一裕の小説はどれも、こんなふうに最初から、入り組んだ情報を織り込む。読者は即刻その勢いに乗せられてしまう。

　加納健太郎は目的の村上沙羅を捜して東京から茨城県古河市へ向かうが、その前に服役へ至る経緯が綴《つづ》られる。

大学二年のとき映画撮影所で照明助手のバイトをやるうち俳優に転進↓最初は喰わせてくれる女たちがいたが、やがていなくなり、種々のバイトをしつつ俳優を続ける↓三十五歳のとき、父親の死で町工場を継ぐが、経理部長に一億余の有り金を持ち逃げされ、捕まえたところ相手が急死し、死なせたとして有罪となる。

このくだりで興味深いのは、「演じる」という言葉が何度も出てくることである。喰わせてくれる女がいなくなった彼は、カラオケ店に勤めるや、新規店の店長にならないかと誘われ、俳優を辞めたくないので断わり、つぎにバーテンダー見習いになるや、常連客に引き抜かれそうになる。好い話は、彼がいつも理想的なカラオケ店長や寡黙なバーテンダーを「演じる」ことの結果なのである。彼は天性の俳優なのか、俳優業のなかで身に付いたのか。

古河市へ出発する直前に、こんなシーンがある。

彼が死んだ経理部長の息子と会うなり、ナイフで脅され、あの一億円の在《あ》り処《か》を訊《き》かれる。思い当たる点のない彼が、親父から取り戻したと思い込んでいる相手にそう告げると、下手な芝居はよせ、と言われ頭に血が昇る。

最初、ナイフで脅され反撃したとき、彼は冷酷なプロの犯罪者の役を演じるつもりだっただけに当然の憤怒であろう。

この小説は演技についての書でもあり、後半そのことが重要な意味を持ち、すべてが終ったあとの彼の身の振り方にも関わる。

村上沙羅は古河市で喫茶店を営んでおり、彼は店へ入るや目指す相手らしき「とんでもなく美しい女性」に見惚《みと》れる。と、向こうから、

「もしかして、……加納健太郎さんですか？」

と声を掛けられる。

なぜ彼女は自分を知っているのか。ホテルにチェックインし、あれこれ思うが、彼女と自分の接点は判然としない。夕方、ラーメン屋で食事していると、沙羅のファンと称する二十代後半ぐらいの男から話しかけられ、彼女についての情報を得る。三十一歳。離婚歴あり。元は映画の宣伝の仕事をしていた。加納健太郎としては少し接点に近づいたかと思う。

この小説は主人公の一人称「俺」で進み、文章の運びに独特の味わいをもたらす。たとえば沙羅ファンの前田から彼女の写真をスマホにもらったあと、「俺」は訊く。

「彼女はいま、幸せだと思うか？」

「……幸せって、なに？」

前田は真顔で俺を見ていた。俺もその答えは知らなかった。

依頼人の注文がいきなり言及されるわけで、文章の絶妙な運びが素晴らしい。しかも「幸せ」をめぐる問答は、このあと「俺」が沙羅との接点を探り出そうと動き回るうち、前田が殺されるという事態に至る。まさに彼女の「幸せ」との関連のもとに。木内一裕のどの小説も真っ直ぐには進まない。つぎからつぎへと意表をつく出来事が起こるなか、話が転がってゆく。そのとき、「幸せ」問答の行方が示すように、細部の文章の運びは全体の流れと無縁ではない。

この作品では興味深いことに、地の文に、

俺にとっての幸運は、状況をより悪くする。
俺のラッキーは不運の前触《まえぶ》れだった。

とあり、主人公が話の転々ぶりを承知している。

加納健太郎の奔走により村上沙羅との接点が明らかになる。それは映画界に足を踏み入れた照明助手時代のことだから、すぐに思い出せなかったのも無理はない。

接点の解明によって沙羅との距離は近づくが、それと併行して、偶然ながら彼の助手を務めることになった宮下日菜の比重が増してゆく。二十歳過ぎながら人生経験が豊富な彼女の働きがあればこそ、彼は走り回れた。

文章に関して、もうひとつのことに注目したい。地の文に「そう思った」という言葉が頻出する。例えば古河市へ出発するに当たって車の免許証を更新したあと、こうある。

真新しい免許証の写真の男は、俳優っぽくも、企業経営者っぽくもなく、前科者っぽく見えた。ため息が出た。最近ため息が多いな。そう思った。

主観による描写のあと、感慨が付け加えられるのである。その連動が独特のリズムと味わいを醸す。

沙羅のことを聞かされた日菜が「その、とんでもない美人、ってのが気に入らないなぁ」と言うや、

喰いつくのはそこかよ。そう思った。

と地の文が続く。彼が沙羅に接点を思い出したのを告げるシーンでは、

彼女がまたクスクス笑った。人を幸せにする笑い方だ。そう思った。

とある。一人称小説だから、必ずしも入らなくてもよい。沙羅との接点を求めて旧知の助監督に会いに撮影現場へ行き、急遽出演させられるシーンでは、その助監督の「加納さん！」との呼びかけのあと、地の文はこう続く。

全てのスタッフと、二人の役者が俺のほうを見ていた。はいはい、そういう展開になるのね。

会話の妙も印象深い。日菜との場合が多く、彼女がいきなり主人公を「カノケン」と呼ぶときの会話は二人の親密さを示して微笑《ほほえ》ましい。

呼称でいえば、後半、沙羅と同棲する正体不明の老人が、彼のことを「お前さん」「お前」「貴様」と呼び変えてゆくシーンの会話も素晴らしい。

この老人と知り合いになり、思いがけない出来事に深入りするのは、話の転がりの一例で、そこでの彼のアクションの激烈さは目を奪う。

加納健太郎は、依頼の目的に迫るなか、どんどん撮影現場と関わってゆく。これがこの小説の核心であろう。その間、彼は何人もの人から俳優時代の演技についての感想を言われ、意表をつかれる。「演じる」ことが根底的に問われるのである。

そんな展開を面白がっていると、あの一億円がふたたび話に出てきて、読者としては怪訝《けげん》な思いがする。と、一億円の在り処をめぐる流れが、どんどん映画と結びつく。加納健太郎は幼少時代からの映画的記憶を反芻《はんすう》し、「日本映画の父」と称される牧野省三の撮影所があった京都の等持院に至る。

木内一裕は一九八三年、漫画家「きうちかずひろ」としてデビューしたあと、九一年、映画監督「きうちかずひろ」になり、二〇〇四年、小説家としての活躍も始めた。『飛べないカラス』には、彼にとっての「映画の父」黒澤満への献辞が載っている。映画監督きうちかずひろのほぼ全ての作品はいまは亡き黒澤満のプロデュースによる。

終りちかく、加納健太郎が沙羅からあの謎の老人について聞く。

まるで、クリント・イーストウッド監督・主演の映画を見る思いだった。俺は感動していた。泣きそうになっていた。

映画への愛がこんなに満ちた小説はめったになく、ぜひ映画になってほしい。むろん、きうちかずひろ監督で。そう思うのはわたしだけではなかろう。

本書は二〇一九年一〇月に小社より刊行されました。

|著者| 木内一裕　1960年福岡生まれ。'83年、『BE-BOP-HIGHSCHOOL』で漫画家デビュー。2004年、初の小説『藁の楯』を上梓。同書は'13年に映画化もされた。他の著書に『水の中の犬』『アウト＆アウト』『キッド』『デッドボール』『神様の贈り物』『喧嘩猿』『バードドッグ』『不愉快犯』『嘘ですけど、なにか？』『ドッグレース』（すべて講談社文庫）、『小麦の法廷』、11月刊行予定の『ブラックガード』（ともに講談社）がある。

飛《と》べないカラス
木内一裕《きうちかずひろ》

2021年10月15日第1刷発行

発行者――鈴木章一
発行所――株式会社　講談社
東京都文京区音羽2-12-21　〒112-8001
電話　出版（03）5395-3510
　　　販売（03）5395-5817
　　　業務（03）5395-3615

Printed in Japan

講談社文庫
定価はカバーに
表示してあります

KODANSHA

デザイン―菊地信義
本文データ制作―講談社デジタル製作
印刷―――豊国印刷株式会社
製本―――株式会社国宝社

ISBN978-4-06-525685-5

講談社文庫刊行の辞

二十一世紀の到来を目睫に望みながら、われわれはいま、人類史上かつて例を見ない巨大な転換期をむかえようとしている。

世界も、日本も、激動の予兆に対する期待とおののきを内に蔵して、未知の時代に歩み入ろうとしている。このときにあたり、創業の人野間清治の「ナショナル・エデュケイター」への志を現代に甦らせようと意図して、われわれはここに古今の文芸作品はいうまでもなく、ひろく人文・社会・自然の諸科学から東西の名著を網羅する、新しい綜合文庫の発刊を決意した。

激動の転換期はまた断絶の時代である。われわれは戦後二十五年間の出版文化のありかたへの深い反省をこめて、この断絶の時代にあえて人間的な持続を求めようとする。いたずらに浮薄な商業主義のあだ花を追い求めることなく、長期にわたって良書に生命をあたえようとつとめるところにしか、今後の出版文化の真の繁栄はあり得ないと信じるからである。

同時にわれわれはこの綜合文庫の刊行を通じて、人文・社会・自然の諸科学が、結局人間の学にほかならないことを立証しようと願っている。かつて知識とは、「汝自身を知る」ことにつきていた。現代社会の瑣末な情報の氾濫のなかから、力強い知識の源泉を掘り起し、技術文明のただなかに、生きた人間の姿を復活させること。それこそわれわれの切なる希求である。

われわれは権威に盲従せず、俗流に媚びることなく、渾然一体となって日本の「草の根」をかたちづくる若く新しい世代の人々に、心をこめてこの新しい綜合文庫をおくり届けたい。それは知識の泉であるとともに感受性のふるさとであり、もっとも有機的に組織され、社会に開かれた万人のための大学をめざしている。大方の支援と協力を衷心より切望してやまない。

一九七一年七月

野間省一

講談社文庫 最新刊

大沢在昌
亡命者〈ザ・ジョーカー　新装版〉
受けた依頼はやり遂げる請負人ジョーカー。渾身のハードボイルド人気シリーズ第2作。

田中芳樹
海から何かがやってくる〈薬師寺涼子の怪奇事件簿〉
敵は深海怪獣、自衛隊、海上保安庁!?　警視庁の破壊の女神、絶海の孤島で全軍突撃《ヤシャスィーン》!

宮西真冬
友達未遂
全寮制の女子校で続発する事件に巻き込まれた少女たちを描く各紙誌絶賛のサスペンス。

木内一裕
飛べないカラス
すべてを失った男への奇妙な依頼は、彼を運命の女へと導く。大人の恋愛ミステリ誕生。

斎藤千輪
神楽坂つきみ茶屋3〈想い人に捧げる鍋料理〉
現代に蘇った江戸時代の料理人・玄の前に、死別したはずの想い人の姿が!?　波乱の第3弾!

横関大
ピエロがいる街
地方都市に現れて事件に立ち向かう謎のピエロ、その正体は。どんでん返しに驚愕必至!

舞城王太郎
されど私の可愛い檸檬
どんなに歪《いびつ》でも、変でも、そこは帰る場所。理不尽だけど愛しい、家族を描いた小説集!

トーベ・ヤンソン
ムーミン　ぬりえダイアリー
ムーミン谷の仲間たちのぬりえが楽しめる、自由に日付を書き込めるダイアリーが登場!

講談社タイガ

乙野四方字
原作：吉浦康裕
アイの歌声を聴かせて
ポンコツAIが歌で学校を、友達を救う!?　青春SFアニメーション公式ノベライズ!

城平京
虚構推理短編集　岩永琴子の純真
雪女の恋人が殺人容疑に!?　人と妖怪の甘々な恋模様も見逃せない人気シリーズ最新作!

浜口倫太郎
ゲーム部はじめました。
青春は、運動部だけのものじゃない!　ゲーム甲子園へ挑戦する高校生たちの青春小説!

講談社文庫 最新刊

- 辻村深月『噛みあわない会話と、ある過去について』
  あなたの「過去」は大丈夫？ 無自覚な心の裡をあぶりだす〝鳥肌〟必至の傑作短編集！
- 砥上《とがみ》裕將《ひろまさ》『線は、僕を描《えが》く』
  喪失感の中にあった大学生の青山霜介《あおやまそうすけ》は、水墨画と出会い、線を引くことで回復していく。
- 今野 敏『エムエス』〈継続捜査ゼミ2〉
  容疑者は教官・小早川《こばやかわ》？ 警察の「横暴」に美しきゼミ生が奮闘。人気シリーズ第2弾！
- 重松 清『どんまい』
  苦労《ピンチ》のあとこそ、チャンスだ！ 草野球に、人生の縮図あり！ 白球と汗と涙の長編小説。
- 佐々木裕一『雲雀《ひばり》の太刀』〈公家武者 信平《のぶひら》(十)〉
  江戸泰平を脅かす巨魁と信平、真っ向相対峙す！ 大人気時代小説4ヵ月連続刊行！
- 望月麻衣『京都船岡山アストロロジー』
  占星術×お仕事×京都。心迷ったときは船岡山珈琲店へ！ 心穏やかになれる新シリーズ。
- 碧野 圭『凜として弓を引く』
  神社の弓道場に迷い込んだ新女子高生。いつしか弓道に囚われた彼女が見つけたものとは。
- 西村京太郎『十津川警部 両国駅3番ホームの怪談』
  両国駅幻のホームで不審な出来事があった。目撃した青年の周りで凶悪事件が発生する！
- 楡 周平『サリエルの命題』
  新型インフルエンザが発生。ワクチンや特効薬の配分は？ 命の選別が問われる問題作。

創刊50周年新装版

- 浅田次郎『日輪の遺産』〈新装版〉
  戦争には敗けても、国は在る。戦後の日本を守るために散った人々を描く、魂揺さぶる物語。
- 麻耶雄嵩『夏と冬の奏鳴曲《ソナタ》』〈新装改訂版〉
  発表当時10万人の読者を啞然とさせた本格ミステリ屈指の問題作が新装改訂版で登場！

京極夏彦　分冊文庫版ルー＝ガルー〈忌避すべき狼〉(上)(下)
京極夏彦　分冊文庫版ルー＝ガルー2〈インクブス×スクブス　相容れぬ夢魔〉(上)(下)
北森　鴻　親不孝通りラプソディー
北森　鴻　花の下にて春死なむ〈香菜里屋シリーズ1〈新装版〉〉
北森　鴻　桜宵〈香菜里屋シリーズ2〈新装版〉〉
北森　鴻　螢坂〈香菜里屋シリーズ3〈新装版〉〉
北森　鴻　香菜里屋を知っていますか〈香菜里屋シリーズ4〈新装版〉〉
北村　薫　野球の国のアリス
北村　薫　盤上の敵〈新装版〉
木内一裕　藁の楯
木内一裕　水の中の犬
木内一裕　アウト＆アウト
木内一裕　キッド
木内一裕　デッドボール
木内一裕　神様の贈り物
木内一裕　喧嘩猿
木内一裕　バードドッグ
木内一裕　不愉快犯
木内一裕　嘘ですけど、なにか？
木内一裕　ドッグレース
北山猛邦　『クロック城』殺人事件
北山猛邦　『瑠璃城』殺人事件
北山猛邦　『アリス・ミラー城』殺人事件
北山猛邦　『ギロチン城』殺人事件
北山猛邦　私たちが星座を盗んだ理由
北山猛邦　さかさま少女のためのピアノソナタ
北　康利　白洲次郎　占領を背負った男(上)(下)
北　康利　福沢諭吉　国を支えて国を頼らず(上)(下)
貴志祐介　新世界より(上)(中)(下)
北原みのり　木嶋佳苗100日裁判傍聴記〈佐藤優対談収録完全版〉
岸本佐知子 編訳　変《ヘン》愛《アイ》小説集
岸本佐知子 編　変愛小説集　日本作家編
木原浩勝　文庫版 現世《うつしよ》怪談(一)　主人の帰り
木原浩勝　文庫版 現世怪談(二)　白刃の盾
木原浩勝　増補改訂版 もう一つの「バルス」〈―宮崎駿と『天空の城ラピュタ』の時代―〉
喜国雅彦・国樹由香　メフィストの漫画
喜国雅彦・国樹由香　本格力〈本棚探偵のミステリ・ブックガイド〉
清武英利　石つぶて〈警視庁　二課刑事の残したもの〉
清武英利　しんがり〈山一證券　最後の12人〉
清武英利　トッカイ〈不良債権特別回収部〉
喜多喜久　ビギナーズ・ラボ
黒岩重吾　新装版 古代史への旅
栗本　薫　新装版 絃《いと》の聖域
栗本　薫　新装版 ぼくらの時代
黒柳徹子　窓ぎわのトットちゃん 新組版
倉知　淳　新装版 星降り山荘の殺人
倉知　淳　シュークリーム・パニック
熊谷達也　浜の甚兵衛
倉阪鬼一郎　大江戸秘脚便
倉阪鬼一郎　娘飛脚を救え〈大江戸秘脚便〉
倉阪鬼一郎　開運十社巡り〈大江戸秘脚便〉
倉阪鬼一郎　決戦、武甲山〈大江戸秘脚便〉
倉阪鬼一郎　八丁堀の忍
倉阪鬼一郎　八丁堀の忍(二)〈大川端の死闘〉
倉阪鬼一郎　八丁堀の忍(三)〈遥かなる故郷〉
倉阪鬼一郎　八丁堀の忍(四)〈隻腕の抜け忍〉
倉阪鬼一郎　八丁堀の忍(五)〈討伐隊、動く〉

黒木　渚　壁の鹿
黒木　渚　本性
栗山圭介　居酒屋ふじ
栗山圭介　国士舘物語
久坂部　羊　祝葬
黒澤いづみ　人間に向いてない
久賀理世　奇譚蒐集家　小泉八雲〈白衣の女〉
決戦！シリーズ　決戦！関ヶ原
決戦！シリーズ　決戦！大坂城
決戦！シリーズ　決戦！本能寺
決戦！シリーズ　決戦！川中島
決戦！シリーズ　決戦！桶狭間
決戦！シリーズ　決戦！関ヶ原2
決戦！シリーズ　決戦！新選組
小峰　元　アルキメデスは手を汚さない
今野　敏　ST 警視庁科学特捜班 エピソード1〈新装版〉
今野　敏　ST 警視庁科学特捜班 毒物殺人〈新装版〉
今野　敏　ST 警視庁科学特捜班〈黒いモスクワ〉
今野　敏　ST 警視庁科学特捜班〈青の調査ファイル〉
今野　敏　ST〈赤の調査ファイル〉警視庁科学特捜班
今野　敏　ST〈黄の調査ファイル〉警視庁科学特捜班
今野　敏　ST〈緑の調査ファイル〉警視庁科学特捜班
今野　敏　ST〈黒の調査ファイル〉警視庁科学特捜班
今野　敏　ST 為朝伝説殺人ファイル〈警視庁科学特捜班〉
今野　敏　ST 桃太郎伝説殺人ファイル〈警視庁科学特捜班〉
今野　敏　ST 沖ノ島伝説殺人ファイル〈警視庁科学特捜班〉
今野　敏　ST 化合 エピソード0〈警視庁科学特捜班〉
今野　敏　ST プロフェッション〈警視庁科学特捜班〉
今野　敏　特殊防諜班 諜報潜入
今野　敏　特殊防諜班 聖域炎上
今野　敏　特殊防諜班 最終特命
今野　敏　茶室殺人伝説
今野　敏　奏者水滸伝 白の暗殺教団
今野　敏　同期
今野　敏　欠落
今野　敏　変幻
今野　敏　警視庁FC
今野　敏　カットバック 警視庁FCⅡ
今野　敏　継続捜査ゼミ
今野　敏　蓬莱〈新装版〉
今野　敏　イコン〈新装版〉
後藤正治　天人〈深代惇郎と新聞の時代〉
後藤正治　拗《す》ね者たらん〈本田靖春 人と作品〉
幸田文　崩れ
幸田文　季節のかたみ
幸田文　台所のおと〈新装版〉
小池真理子　冬の伽藍
小池真理子　夏の吐息
小池真理子　千日のマリア
五味太郎　大人問題
鴻上尚史　あなたの魅力を演出するちょっとしたヒント
鴻上尚史　鴻上尚史の俳優入門
鴻上尚史　青空に飛ぶ
小泉武夫　納豆の快楽
近藤史人　藤田嗣治「異邦人」の生涯
小前　亮　趙《ちょう》匡《きょう》胤《いん》〈宋の太祖〉
小前　亮　賢帝と逆臣と〈康熙帝《こうきてい》と三藩の乱〉

講談社文庫　目録

小前　亮　始皇帝の永遠〈天下一統〉
小前　亮　劉《りゅう》裕《ゆう》〈豪剣の皇帝〉
香月日輪　妖怪アパートの幽雅な日常①
香月日輪　妖怪アパートの幽雅な日常②
香月日輪　妖怪アパートの幽雅な日常③
香月日輪　妖怪アパートの幽雅な日常④
香月日輪　妖怪アパートの幽雅な日常⑤
香月日輪　妖怪アパートの幽雅な日常⑥
香月日輪　妖怪アパートの幽雅な日常⑦
香月日輪　妖怪アパートの幽雅な日常⑧
香月日輪　妖怪アパートの幽雅な日常⑨
香月日輪　妖怪アパートの幽雅な日常⑩
香月日輪　妖怪アパートの幽雅な食卓〈るり子さんのお料理日記〉
香月日輪　妖怪アパートの幽雅な人々〈妖アパミニガイド〉
香月日輪　妖怪アパートの幽雅な日常〈ラスベガス外伝〉
香月日輪　大江戸妖怪かわら版①〈異界より落ち来る者あり〉
香月日輪　大江戸妖怪かわら版②〈異界より落ち来る者あり　其之二〉
香月日輪　大江戸妖怪かわら版③〈封印の娘〉
香月日輪　大江戸妖怪かわら版④〈天空の竜宮城〉
香月日輪　大江戸妖怪かわら版⑤〈雀、大浪花に行く〉
香月日輪　大江戸妖怪かわら版⑥〈魔狼、月に吠える〉
香月日輪　大江戸妖怪かわら版⑦〈大江戸散歩〉
香月日輪　地獄堂霊界通信①
香月日輪　地獄堂霊界通信②
香月日輪　地獄堂霊界通信③
香月日輪　地獄堂霊界通信④
香月日輪　地獄堂霊界通信⑤
香月日輪　地獄堂霊界通信⑥
香月日輪　地獄堂霊界通信⑦
香月日輪　地獄堂霊界通信⑧
香月日輪　ファンム・アレース①
香月日輪　ファンム・アレース②
香月日輪　ファンム・アレース③
香月日輪　ファンム・アレース④
香月日輪　ファンム・アレース⑤(上)(下)
近衛龍春　加藤清正〈豊臣家に捧げた生涯〉
木《この》原《はら》音《なり》瀬《せ》　箱の中
木原音瀬　美しいこと
木原音瀬　秘密
木原音瀬　嫌な奴
木原音瀬　罪の名前
近藤史恵　私の命はあなたの命より軽い
小泉　凡　怪談四代記〈八雲のいたずら〉
小松エメル　夢の燈《ほ》影《かげ》〈新選組無名録〉
小松エメル　総司の夢
小島　環 原作 / あなしん 脚本 / おかざきさとこ　小説　春待つ僕ら
呉　勝浩　道徳の時間
呉　勝浩　ロスト
呉　勝浩　蜃気楼の犬
呉　勝浩　白い衝動
呉　勝浩　バッドビート
こだま　夫のちんぽが入らない
こだま　ここは、おしまいの地
講談社校閲部　間違えやすい日本語実例集〈熟練校閲者が教える〉
佐藤さとる　だれも知らない小さな国〈コロボックル物語①〉
佐藤さとる　豆つぶほどの小さないぬ〈コロボックル物語②〉
佐藤さとる　星からおちた小さなひと〈コロボックル物語③〉

2021年9月15日現在